西潮文庫

印度文學欣賞

糜文開 著

三民書局

國家圖書館出版品預行編目資料

印度文學欣賞／糜文開著．－－二版一刷．－－臺北市：三
民，2008
　　　面；　　公分．－－(西潮文庫)

　　ISBN 978-957-14-4822-0　(平裝)
　　1.文學鑑賞 2.印度

867　　　　　　　　　　　　　　　　　　　96024032

ⓒ　印度文學欣賞

著 作 人	糜文開
發 行 人	劉振強
著作財產權人	三民書局股份有限公司
發 行 所	三民書局股份有限公司
	地址　臺北市復興北路386號
	電話　(02)25006600
	郵撥帳號　0009998-5
門 市 部	(復北店)臺北市復興北路386號
	(重南店)臺北市重慶南路一段61號
出版日期	初版一刷　1967年4月
	二版一刷　2008年1月
編　　號	S 860030
定　　價	新臺幣160元

行政院新聞局登記證局版臺業字第○二○○號

有著作權‧不准侵害

ISBN　978-957-14-4822-0　(平裝)

http://www.sanmin.com.tw　三民網路書店

再版說明

　　印度文學是世界三大文學主流之一，尤其印度的古老寓言，可說是全世界童話故事的母親，因為人們幾乎可以在任何一本童話故事書裡發現印度寓言的身影。而宗教又左右了印度的文化與生活型態，多神論的觀點也活潑的呈現在文學的字句上，神與人的相仿、人與獸的齊一，流露出大自然的無私之愛；而歡愉與苦難的輪迴、婆羅門種姓制與佛教空無觀的對立，說的卻是對可貴生命的深度把捉。複雜多變、荒唐又深刻，彷彿女神微笑的嘴角那不宣的神秘意涵，是印度對世人最真的告白。

　　本書出版迄今，已逾四十載，由於文字清新、譯文典雅，在文學界迭有好評，亦深受社會大眾之喜愛。惟在歲月巨輪的刻蝕下，既有之銅版鉛字已略顯漫漶，開本及版式，亦有異於現代出版之潮流。此次再版，除了放大開本、字體，重新設計版式外，並以本局自行撰寫的字體加以編排，不惟美觀，而且大方，相信於讀者在閱讀的便利性與舒適度上，能有大幅的提升。

三民書局編輯部　謹識

印度文學欣賞

目 次

再版說明

一、印度文學簡述 …………………………………… 1

二、詩哲泰戈爾 …………………………………… 20

三、泰戈爾詩欣賞 …………………………………… 24

四、女詩人奈都莎綠琴尼 ……………………………38

五、奈都夫人詩欣賞 ………………………………… 44

六、印語作家普雷姜德 ………………………………73

七、普雷姜德的小說《自由之路》 …………………76

八、吠陀經與奧義書 …………………………………89

九、吠陀經選鈔 ………………………………………91

一○、奧義書選鈔 ……………………………………96

一一、寓言故事《五卷書》與《四部箴》………105

一二、《五卷書》選鈔 ……………………………108

一三、《四部箴》選鈔 ……………………………115

一四、印度兩大史詩 …………………………… 135

一五、史詩《薩維德麗》 ………………………… 137

一六、大戲曲家加里陀莎 ………………………… 159

一七、加里陀莎的代表作《莎昆妲蘿》 ………… 162

一八、佛教大文豪馬鳴 …………………………… 165

一九、《佛所行讚》選鈔 ………………………… 168

二〇、譯經大師鳩摩羅什 ………………………… 179

二一、《大莊嚴論經》選鈔 ……………………… 181

二二、《百喻經》的愚人故事 …………………… 198

後　記 ……………………………………………… 207

一、印度文學簡述

（一）印度文學史的分期

我曾說過：「印度文化以宗教為核心，印度歷史就等於一部宗教的演變史，而印度文學史也就可依宗教的演變來分期。」要補充的一點是：印度各時期文學作品所用語文，也常跟隨宗教方面所用語文的變換而變換。

現在試將印度文學史分成五大時期簡述之。

第一期　婆羅門教文學時期，通稱吠陀文學時期。約自公元前十五世紀起至公元前五世紀止。印度亞利安人自印度半島北部高山的缺口進入印度河流域，開始歌唱他們頌神的吠陀讚歌，至梵書時代而完成婆羅門教的規範，最後隱士們在山林中產生奧義書，放射出他們哲理文學的光芒來。這時期宗教和文學的用語是梵文。

第二期　佛教文學時期。起自釋迦得道後用巴利語宣揚佛教作宗教革命的公元前第五世紀，到以後的八九百年。初期原始佛教結集的三藏用巴利文記載，流傳於南方錫蘭，稱南典。後來的發展佛教流傳於北印度一帶，稱北典，都用梵文書寫。南典《經》、《律》、《論》三藏中以《經藏》裡的四

阿含最重要。四阿含就是⑴《長阿含》⑵《中阿含》⑶《雜阿含》⑷《增一阿含》，所記都是佛陀的教訓。北典大多是大乘佛教的典籍，我國所譯佛經，大多是北典。其中最有文學意味的是《本生經》文學，紀傳文學，《譬喻經》與《因緣經》文學。最有名的作家是公元二世紀的馬鳴 (Asvaghosha)。

　　第三期　印度教文學時期。起自公元四世紀笈多王朝建立復興婆羅門教而印度教盛行起來，至十六世紀印度半島被統治於蒙古王朝的千餘年間。這時期的重要作品，都用梵文寫作。在佛教文學盛行印度的同時，婆羅門教文學雖已不振，但給予婆羅門教新生命的兩大史詩卻在逐漸形成並且加長，到四世紀時已經定型，完成為兩部偉大的作品，成為印度教文學初期的重要傑作。接著印度教文學在笈多王朝的提倡下呈現蓬勃的氣象，此後無論詩歌、寓言、戲劇、小說，都很興盛，有傑出的作品產生，有吉、安自在等都是有名的大作家，其中尤以四世紀的加里陀莎最為傑出，他的戲曲和詩歌，都發揮了印度文學特有的光彩，無異於英國之有莎士比亞，德國之有歌德。這期間的寓言故事，以《五卷書》(Pancatantra)與《四部箴》(Hitopadesa) 最為有名。小說則有檀丁的《十王子所行記》，蘇槃豆的《天主授》，與波那的《迦淡波利》等名著，短篇小說《鬼語二十五則》，《鸚鵡所言七十則》也很有名。

　　第四期　回教文學時期。起自十六世紀初拔巴占領印度建立蒙古王朝到十八世紀末的三百年間，這是印度受回教徒統治回教文學興盛的時期，文學作品所用語文以波斯文為主。蒙古王朝建立者拔巴所寫有名的《備忘錄》，原稿雖是突厥語，

流行的卻是波斯文譯本。這時期最有名的作家是一五七五年被阿克巴大帝封為詩王的阿布法茲爾。他的作品都是波斯文，所作波斯二韻詩外，《圓心》、《所羅門與示巴女王》、《納拉與黛瑪鶯蒂》、《地的七帶》、《阿克巴大帝本紀》是他的五大名作。此後蒙古王朝連后妃公主都會寫波斯文詩歌，但缺少大作家，未能產生特別出色的作品。

　　第五期　近代文學時期。起自十八世紀以迄於今。宗教思想的混合，和俗語方言文學以及英法文文學的發達是其特色。在前一時期，印度人一方面吸收回教的優點來改革他們自己的宗教以為對抗，一方面不願附和波斯文文學者轉而從事俗語方言文學的寫作。這時隨著法國英國勢力的侵入，又吸收基督教義融合到他們原有的宗教裡去，同時也開始採用法文和英文來寫作。印度獲得獨立後，更提倡用俗語方言來寫作，尤以興地語被規定為國語，興地語文學更得到重視。吸收基督教義以革新印度宗教的作家可舉詩哲泰戈爾為代表。法文作品可舉十九世紀被稱為光輝流星的短命女詩人托露達德的小說《亞魯華女士的行蹤》為例，英文作品可舉被稱為印度夜鶯的革命女詩人奈都夫人的詩為例。大小說家普雷姜德的小說用興地文和烏都文所寫，泰戈爾的作品則用孟加拉方言寫成而又自譯為英文。

（二）印度文學對世界的影響

1.對西方的影響

　　世界文學有三大主流，其一為中國文學，另一為西方文學，還有一個便是印度文學。從歷史上講，古代印度文學，對西方文學影響很大，而所受西方文學的影響卻很少。對我們中國文學亦然。這顯出了印度文學史上的光輝。但或者也是就因印度古代不能充分吸收外來文化，鎔鑄成一種有力的新文化，所以終於衰落了。直到近百年來，印度人受了西方文化的洗禮，才又產生出像泰戈爾這樣的世界大文豪來。

　　印度對西方文學影響最大的是故事和寓言，曾經有一時期，西方學者相信印度是所有童話的發源地。自從應用進步的民俗學來研究後，遂否定這種假設。但流行的若干不同民族的許多故事，仍可追溯其係發源於印度。

　　印度普通故事的組織是互相插入的，就是把一群故事安排在一個單一敘述的結構中，在同一附屬於另一故事的故事中，也可再插入別的故事。這樣一條線索，可把許多小故事貫串起來成為一大故事，正如一根細線，把許多珍珠穿結成一朵光彩奪目的珠花。又如一棚葡萄，「我們眼睛裡看見一片翡翠的枝葉，無數纍纍成串紫水晶的果實，那知道只是一株根所生。」（蘇雪林語）這種型式為阿拉伯人由印度輸入，採用來製作他們自己的作品，其中最著名的產物便是《天方夜

譚》。《天方夜譚》中還有好幾個故事，是從印度流傳過去的。

　　印度是最適合於發明寓言、動物故事、和童話的地方，印度人的輪迴之說，將人獸世界的差別泯除了，於是動物自易成為故事的主角。世界各地沒有任何國家曾如印度這樣普遍的產生著許多五光十色的奇妙故事，不僅印度的故事單篇流傳到西方去，而且整個故事集都可以在外國文學中發現。西方學者已追溯到了印度寓言與童話傳佈到世界各國去的真實路徑。這種寓言童話型的故事集，最重要的代表作是《五卷書》。

　　《五卷書》編成於公元三百年至五百年間。在公元六世紀中葉已非常著名，所以波斯薩桑王朝 (Sassanian) 的君主庫斯魯安納斯萬 (Chosru Anushirvan，公元五三一－五七九年) 下令將其由梵文譯成柏勒維文 (Pehlevi)，並於五七〇年再由柏勒維文譯為敘利亞文。其後公元七五〇年譯成阿拉伯文，又由阿拉伯文直接譯成許多亞洲和歐洲文的譯本。

　　中世紀《五卷書》最佳而最著名的譯本是普佛爾 (Antonvon Pforr) 的德文本，書名為《例證與指示之書》。此書是阿拉伯文《五卷書》向西傳佈的第四次譯文，出版於一四八三年。因印刷術發明不久，其書曾重版數次，非但在各方面影響德國文學，並又被轉譯成丹麥文、冰島文及荷蘭文等。

　　《五卷書》的一種拉丁文譯本於公元一二六三年出版，譯者為加布亞的約翰 (John of Capua)，根據此書譯成西班牙文後，於公元一五五二年又由西班牙文譯成意大利文。其第一卷又由諾斯爵士 (Sir Thomas North) 於一五七〇年譯成英文，名為《東尼的道德哲學》(*The Moral Philosophy of Doni*)。

《五卷書》自公元五七〇年由柏勒維文譯成敘利亞文，至此剛巧一千年。而自印度流傳到遙遠的歐洲西方邊緣的島國，也由梵文輾轉重譯了六種以上的文字。真是最值得記述的一件有趣味的事。

《五卷書》敘利亞文的譯本，已考查出來曾被譯成四十種語文，此外由梵文譯成印度方言的有十五種之多。其中孟加拉語的譯本，也被重複譯成若干種歐洲語文。《五卷書》就在這種一再轉譯的方式中充實了世界的文學，而對於歐洲整個中世紀的敘事文學尤有特殊的影響。

研究《五卷書》傳佈世界的兩位德國學者，本費 (Theodor Benfy) 追究其由梵文輾轉翻譯而流傳到各國去的歷史，赫太爾教授 (Prof. Johannes Hertel) 研究它在印度的遭遇。

著名的《伊索寓言》有幾個故事和印度相似的，「驢蒙獅皮」即其一例。有些人認為印度是這些故事的總發源地，有些人認為總發源地是希臘。希臘寓言盛行於紀元前五百年的伊索時代，而印度最古的寓言，也可追溯到公元前六世紀，所以有些學者主張希臘與印度各自產生寓言，獨立發展，但其後曾有零篇的寓言相互交流，所以當公元三世紀巴布剌斯 (Babrius) 編寫《伊索寓言》時，曾有幾個故事與印度的相同。

印度的戲劇對西方文學也發生過影響。最明顯的例子是公元四世紀末年印度大戲曲家加里陀莎的戲曲《莎昆妲蘿》傳入西方。

英國瓊斯爵士把《莎昆妲蘿》譯成英文於公元一七八九年出版，在歐洲的知識分子，便引起了騷動。這書銷行了好幾版，於是轉譯也出現了。有德文、法文、丹麥文和意大利

文。歌德受到強烈的感動，大加歎賞，寫了一首四行詩來讚美它。於是《莎昆妲蘿》戲曲開場白的方式，也被歌德採用在他的巨著詩劇《浮士德》中。

現代印度文學是深受西方文化影響的，他們作品的形式也歐化了。但當他們吸收西方文化融化為己有，在他們的作品中重現出印度的新精神新風格來時，又轉而震撼了歐洲文壇風靡整個世界，使歐美及近東遠東文學都深受他們的影響。最著名的便是泰戈爾的詩，印度因有詩哲泰戈爾的出現，使印度文學在今日世界文壇上又放異彩，獲得重要的地位。

2.對中國的影響

中國文化受印度影響的巨大，自梁啟超氏提出以後，已普遍地為國人所注意。因為佛典的傳譯，把印度的佛教文學帶進中國，中國文學非但在思想內容上受了印度的影響，文學的形式也有新的變化。梁啟超舉出佛經翻譯文學對中國文學的影響有五項，胡適則說翻譯文學對中國文學有三大貢獻。

梁啟超的五項影響說是：

⑴國語實質的擴大：因佛典的翻譯，我國語彙即增加三萬五千多個。

⑵語法及文體的變化：翻譯文學與我國固有文體在文章構造形式不同之點甚多，而佛典的科判疏鈔之學，與隋唐義疏之學的同時興起，為組織的解剖的文體在中國之出現。其他禪宗採用語錄，宋儒效法，實為中國文學界一大革命。因語錄的流行，係純粹語體文的完全成立。

⑶文學情趣的發展：我國近代的純文學若小說歌曲，皆

與佛典之翻譯文學有密切關係，《孔雀東南飛》、《木蘭辭》等長篇敘事詩的產生，恐受東晉時曇無讖所譯馬鳴《佛本行讚》(Buddh-Carita) 的影響。同時鳩摩羅什所譯馬鳴《大莊嚴論經》為一部儒林外史式的小說，我國小說自晉人《搜神記》以下一類初期作品，漸漸發展到唐代叢書所收的唐人小說，大半從《莊嚴論經》的模子裡鎔鑄出來。又，印度大乘經典，皆以極壯闊之文瀾，演繹極微妙之教理，此等富於文學性的經典的譯出，增進了中國人的想像力，革新了中國人的詮寫法，宋元以後章回小說受其影響不少。

　　⑷歌舞劇的傳入：我國最初的歌舞劇，當推南北朝時撥頭一曲──亦名缽頭，據近人考證，係從南天竺附近的拔豆國傳來，後來著名的《蘭陵王》、《踏搖娘》，都從撥頭變化出來。

　　⑸字母的仿造：佛教輸入，梵文也跟進來，我國高僧仿造字母來應用，才有唐代守溫《見溪群疑》等三十六字母的製作。

　　胡適的三大貢獻說是：

　　⑴佛教的譯經諸大師用樸實平易的白話文體來翻譯佛經，但求易曉，不加藻飾，造成一種白話的文體，佛寺禪門成為白話文與白話詩的重要發源地。這是一大貢獻。

　　⑵佛教文學最富想像力，對於最缺乏想像力的中國古文學有很大的解放作用。中國浪漫主義作品如《西遊記》小說等是印度文學影響的產物。這是二大貢獻。

　　⑶印度文學很注重形式上的佈局與結構。《普曜經》、《佛所行讚》、《佛本行經》都是偉大的長篇故事；《須賴經》一類

是小說體的作品；《維摩詰經》、《思益梵天所問經》都是半小說體半戲劇體的作品。這種懸空結構的文學體裁的輸入，與後代彈詞、評話、小說、戲劇的發達都有直接或間接的關係。佛經的散文與偈體的夾雜並用，也與後來的文學體裁有關。這種文學體裁上的貢獻是三大貢獻。

　　自從梁胡二氏討論印度文學對中國文學的影響以後，研究中國文學的都注意這問題。内子裴普賢撰《中印文學關係研究》一書，對這問題，更作了綜合性的考察，詳加分析，作成結論十二項，頗為完備。因文長這裡不克引錄。

　　中國現代文學，受印度影響最顯著的，是泰戈爾的詩，徐志摩、謝冰心都是受著泰戈爾影響的作家。

（三）印度文學的特點

1.形式方面的特點

　　⑴印度文學也和我們中國文學一樣，以詩歌為主流。正如我國的有《詩經》，印度最早的文學作品也是一部詩集吠陀經。其後有兩大史詩《羅摩耶那》(*Ramayana*) 和《摩訶婆羅多》(*Mahabharata*) 的產生，使印度文學到達了輝煌的時代。而其後馬鳴、加里陀莎等大詩人的產生，更發揮了印度的卓越成就。印度歷代經典，喜歡採用詩歌體，朝廷裡也培養宮廷詩人，國王固有自己喜歡作詩的像戒日王，而后妃公主等也往往以能詩著稱。印度現代唯一能獲得諾貝爾文學獎金的，

也是泰戈爾的詩《頌歌集》(Gitanjali)。至於劇本也大部分都是採用詩歌形式的戲曲。這是正宗文學。但印度的詩歌，敘事詩比抒情詩更為發達。偈是一種說理的詩，也有特別地位。

⑵神話傳說寓言和動物故事，在印度特別發達，葡萄藤式的故事體，即由印度發明，因而印度人喜歡把故事枝蔓開來，結構顯得鬆散單調，所以缺乏嚴格的小說。新式小說的發達，還是這二十世紀的事。

⑶印度文學作品喜歡用散韻交錯體，戲劇是如此，寓言故事以及小說都用此體。此體便於口傳，聽者易曉易記，別有情趣。

⑷希臘產生悲劇，而印度人的作品，尤其是戲劇，喜歡採用大團圓方式。悲劇足以激發人的感情，但人生經過艱難的奮鬥，身心的磨鍊，由苦而甜，由悲而歡，由離而合，得到最後的完滿，是最有人情味，能滿足人心理而合於教訓的。只要不公式化，未可厚非。

⑸印度人善說譬喻，至佛教時代，專以一譬喻說一事理，獨立成文，便成喻文體。佛教文學中有《譬喻經》一類，《百喻經》最為著名。

2.內容方面的特點

印度文學在內容方面的第一特點是濃重的宗教感。因為印度文化以宗教為核心，宗教色彩已滲透了歷代人民的思想和生活，所以代表宗教的所謂神聖文學固不必說，就是一切非神聖文學的通俗作品，也隨時顯露著宗教性的意味。例如《五卷書》中的各篇，也是宗教的教師為教訓而創造的寓言、

童話、故事及軼事。

印度人的最大原動力從開始到現在是宗教感。印度人民所奉宗教的區分最為嚴格，比血統的辨別更為重要，差不多以宗教的分歧，來代替了種族的名稱。印度政治與宗教有著密切的關係，宗教常居於領導政治的地位。難怪聖雄甘地在我們的心目中，他是一個革命的民族英雄，他是印度獨立運動的領導者，而在印度人的目光中，他是拯救世人的神之化身——等於耶穌是上帝的兒子。甘地自己也不承認是政治家，而自認只是一個宗教的信徒。我在所著《聖雄甘地傳》的《自序》中，曾引證他自己的話說：「我是一個卑微的真理尋求者，急於實現我自己在現實的世界求精神的解脫。我之為民族服務，就是為我自己脫離肉體的束縛，而受一部分的訓練。這樣說來，我之服務也可視為純粹自私的行為。我不希望地上不壞的國家，我所努力的是天國。只有天國是精神的解脫。達到解脫的路，即在不斷的為國家為人類勤苦的服務之中。所以我的愛國只是到達永久和平和自由國土的旅行中的一個階段。」

印度文學內在的核心，也就是宗教感。宗教感瀰漫了整個印度文化的領域，不論是時間和空間的領域。

印度文學自最古的吠陀經開始，向兩方面進展，一方面是宗教中的論理建立以及哲學的長成，這方面的成就是印度的哲學。從奧義書到六派哲學。一方面是神話的發展，有著比希臘更豐富的收穫，兩部偉大的史詩——《摩訶婆羅多》與《羅摩耶那》——和無數的《富蘭那》(Puranas) 都是這一類的產品。這是屬於正統的婆羅門教的。至於後起的宗教像

佛教、耆那教的情形和婆羅門教相仿。例如佛教的典籍，一面有哲學理論的發揮，一面也有神話性的文學，我們只要閱讀馬鳴的史詩《佛本行讚》便可知一斑，散文方面的《本生經》也是如此。

這種神話傳說方面的發展，到後來因為社會的變遷，詩人需要宮廷支持，就有了戲曲和敘事詩的興盛，題材雖是有關宮廷的事，但是宗教意味還是很濃厚，我們只要閱讀加里陀莎的戲曲便可了然。

德國大詩人歌德對加里陀莎的戲曲《莎昆妲蘿》的讚美詩是這樣的：

> 是否你願青春時代的花朵，
> 　晚年時代的果實，
> 以及那些，使靈魂被養育，
> 　被娛樂、歡醉與迷惑，
> 是否你願塵世與天堂，
> 　在唯一的名字下聯合？
> 我名你為，哦，莎昆妲蘿！
> 　一下便把一切道出。

《莎昆妲蘿》便是把塵世聯接到天堂的作品，按其情節說，是「失樂園」與「復樂園」的併合。

印度人很少純粹的情詩，連男女之間的性動作也面對著神的。像加里陀莎的名作《雲使》寫的是男女相思之苦，但這不是一般男女私情的題材，詩中主人翁也不是凡人，而是

天國的想像。雖然印度人的天國和諸神，很類似凡人，也常與凡人發生關係，這和希臘神話只有程度上的差別。印度文學因為神話的發達，可以充分發展詩人的想像力。所以他們的成就又離奇又恢宏。我國文化注重人倫，注重史事的實錄，《尚書》比《詩經》更早，《尚書》以後便有《春秋》的編年史，所以神話不易發展。只在神話較多的南方，產生一位空前的大詩人屈原，以後中國統一，便後繼無人了。

　　後來印度受到佛教的影響，宗教從多神的傾向於一神，雖然多神的外表還存在，但是骨子裡已是一神主義了。接著詩人與神的關係發生了一種關聯，這種關聯常把神比作自己的至上的愛人。這個因素所產生的詩人，可以迦比爾 (Kabir) 做代表，這方面泰戈爾也受到迦比爾的影響。

　　我已說過，印度人連現代的甘地也只是天國的嚮往者，因此現代作家，像小說家普雷姜德 (Premchand) 雖常以農民為題材，也是甘地的信徒，他的作品中潛在著的宗教感，也很容易體會到。印度大文豪泰戈爾，可稱為現代的新吠陀詩人，他獲得諾貝爾獎金的那本詩集，就是頌神詩的代表作。

　　文學作品中想像力特別發達，是印度文學內容方面的第二特點。印度人是世界有名的善於幻想的民族，他們說到宇宙的廣大，便有三十大千世界。說到宇宙的久遠，便有十萬劫波。說到數目的多，便是恆河沙數。其餘三十三天，十八層地獄，都能歷歷描繪。他們的神話特別發達，兩大史詩，十二萬分的離奇恢宏。他們的童話寓言，異想天開，把大小動物作主角，了解牠們的生活習性，假想牠們的言語和行動，搬演出別具情趣的故事來，又是另一個想像的世界。這和他

們的宗教感宇宙觀都有關係，胡適說印度人的幻想力「上天下地，毫無拘束。」「《華嚴經》是一種幻想的教科書，也可說是一種說謊的教科書。」那種「無邊無盡的幻想」、「閉了眼睛瞎嚼蛆」的本領，便是《封神傳》三十六路伐西岐，《西遊記》八十一難的老師。

教訓和道德是印度文學內容的第三特點。印度故事所以發達，是由於宗教上和教育上採用說故事的方式來教訓人們。所以一個故事的前面、中間或結尾，便插入教訓式的詩句或格言，我國章回小說中喜歡引用「有詩為證」就是這方面發展出來的。就是史詩之中，印度人也常夾入一大套教訓的話，甚至插入全無文學意味的哲學理論來教訓讀者。長達二千頌的印度教經典《薄伽梵歌》(*Bhagavad gita*) 就是從史詩《摩訶婆羅多》中取出的一個教訓的插曲。

當然一方面有不是教訓式和道德意味很淡的散文故事，一方面也有毫無文學意味的教訓詩。

泰戈爾《漂鳥集》中還創作著許多詩化了的格言，印度文學這一特性至今遺留，可以想見。

仁愛和平洋溢於古今偉大作品之間。這是印度文學的第四特點，西方人對印度文學的最醉心之處，便在這些地方。

法國歷史家米希勒 (Michelet) 特別讚賞史詩《羅摩耶那》，他在一八六四年的寫作中說：「每一個作了太多或願望太多的人，讓他從這深林中長飲一口生命與青春吧……西方什麼都很窄狹──希臘渺小，我氣悶；猶太乾燥，我氣喘；讓我向巍然的亞洲和深奧的東方看一下，那裡有我的偉大詩篇，像印度洋一般廣闊，有福的，被日光鍍金的，一部神聖

的融洽的書，其中沒有不調和之處，恬靜的和平統治著那裡，在衝突中有著無窮的美妙。一個無限博愛展開在所有生物之上，一個仁愛的，同情的，慈悲的（無底也是無邊的）大洋。」

在恬靜的和平中，一個無限的博愛展開在所有的生物之上，這就是印度文學所表現的和平與仁愛，（《羅摩耶那》不只是表現和平與仁愛，它是一部八德俱備的書，詩中忠孝和信義四德的表現最為強烈。）在加里陀莎的戲曲中，莎昆姐蘿的以姊妹待花木、野獸如親屬，這也同樣表現了印度人對生物的愛，這仁愛和平是印度文化自古至今的一貫精神，古代的佛教文學中，固然也充分表現了仁愛和平的精神，即現代作家如泰戈爾，普雷姜德等也無不如此。

人與自然的融洽，這是印度文學的第五特點。泰戈爾於泛舟恆河，靜坐林中以創造他靜美的詩篇，最為世人所熟知。他稱西方文明為堡壘文明，印度文明為森林文明，也就指這一特性而言。在古今印度文學名作中，都充滿了自然美的描寫和陶醉。例如加里陀莎的詩《雲使》，美國學者賴度(Ryder)給他的讚美是：「前半部是描寫自然的外表而交織於人的感覺中，後半部是人心的圖畫，而這畫以自然美為框，這東西是如此的精美，以致無人能說出那半部比較高超些。許多讀過這首完美的詩的原本的人，有的被這一部分感動，有的卻被別的一部分感動。加里陀莎在五世紀已懂得歐洲直到十九世紀還不懂的東西，就是現在還沒有完全懂得那是世界並不是為人類而創造，那是只有當他承認生命的莊嚴與價值，並不是屬於人的時候，人才會達到他最高的高度。加里陀莎就把握了這個真理。」

　　原來印度恆河流域，最為炎熱，詩人學者多隱居山林，最能體味到自然之美，自然之偉大。他們的思想和精神，因得大自然的陶冶，也就恬靜而和平。於是覺得花木是他們的親人，鳥獸是他們的朋友，自然培養出一種仁愛慈悲的心地來，終於體會到宇宙的奧妙，產生出他們梵我不二的哲學，為他們的宗教建立了哲學的基礎，創造出他們一套的印度文化來。

　　所以我們前面雖把印度文學的內容分成若干特點來講，（還有若干特點未列舉，例如印人對佈施的觀念，不在求人或神的報答，而認為是人生的責任和享受等。又如捨己救人的犧牲精神，表現於佛教文學中，最為強烈。）其實只是不可分劃的一大特性，這特性非但印度文學的形式與內容不能分開來談，因為文學的形式只是適應內容的要求而產生，就是印度文學的特性，也不能與整個印度文化的精神分隔，印度文學只是活的印度文化的一肢體而已。

（四）印度文學的欣賞

　　印度文學是值得欣賞的，它是一種寶貴的精神食糧。欣賞印度文學，可以擴展視線，增長見識，引導我們走進一個夢想不到的奇異與奧妙的世界裡去，令人陶醉，而在不知不覺中增進了我們的學問；欣賞印度文學，可以陶冶性情，變化氣質，在無形之中，提高我們的品德和風度；欣賞印度文學，可以獲得許多教訓與啟示，人生的以至寫作的。欣賞印

度文學，也是最好的消遣，最高級的享受。正如一位印度醫生所說：「我每天只要讀了泰戈爾的一行詩，便得到整天的愉快。」或如德國的哲學家叔本華所說：「得讀印度的奧義書，實在是我生前的歡喜，也是我死後的安慰。」

　　現在僅就為學習寫作而欣賞印度文學來說吧！文學的寫作要從作品的欣賞入手。徐志摩欣賞泰戈爾《新月集》中《海邊》等篇，就獲得靈感，很自然的寫出他的《海韻》一首詩來；謝冰心欣賞泰戈爾《漂鳥集》的小詩，創作了她的《春水》、《繁星》等詩集，歌德的《浮士德》之採用印度式的開場白，並非刻意模仿，只是欣賞了加里陀莎的戲曲以後的自然衝動。對文學名著細心閱讀，能有心領神會的欣賞，寫作起來就會不期然而然的受到它的影響。捨其所短，而取其所長，或者棄其糟粕，吸收其精華，那是要注意學習的事。像印度文學中仁愛犧牲的精神，我們要吸收來配合我們儒家精神而加以發揚；而他們的迷信成分，是我們應該揚棄的。適合我們的形式和技巧，我們也該努力學習。遠如印度文學中的散韻交錯體，我們自唐朝以來，便學會而廣泛運用了。無韻的偈體也成為我國佛教文學的特色之一。近如覃子豪學習了奈都夫人詩的象徵和修辭的技巧，並撰文指導當代青年詩人怎樣從奈都夫人詩中去學習寫詩的技巧。

　　更進一步，我們如果學到了外國作品的一種新形式，一種新技巧，我們還得貫注自己特有的精神進去，完成為自己的作品，否則無論如何神似，這作品的價值還是不夠大的。我們在欣賞印度文學時，就可以獲得這個教訓與啟示的。

　　我就舉奈都夫人為例。奈都夫人赴英留學，埋頭學習寫

出一手熟練的英文詩來。得到了英國作家兼批評家亞塞西門的稱許，他說她那雙有表情的慧眼，能搜尋大自然的美和發掘美與生命的奧妙，可是就因為她的詩的風格和內容，完全是英國式的，所以還是引不起文壇的注意。直到她見了英國著名的文學批評家歌史爵士給她寫作方向的指示，才使她一舉成名蜚聲國際文壇。歌史指點她的是：要她改變作風，用印度人的身分去寫印度生活，去描繪印度的風土人情，去禮讚偉大的喜馬拉雅山與神聖的恆河，去歌唱印度古今男女英雄的偉烈。以後她循此途徑寫了三本詩集，便一躍而為代表印度的大詩人。

　　我們中國作家，要攀登世界文壇，也得跟印度作家學習，從熟習外國名著的內容和形式中脫化出來，表現自己。泰戈爾雖用孟加拉文寫作，他也熟玩英文詩的韻律與風格，但他寫起詩來，卻採用印度方式巧妙地表現印度文化精神，因此他的成就，更比奈都夫人為大，他能融會西方文化到他作品裡來變換成印度文化精神，而轉使西方人士崇敬到拜倒在他的腳下，五體投地般心悅誠服。

　　我國作家謝冰瑩的作品《女兵自傳》能表現我國革命的新女性，在大時代浪潮的起伏中堅毅奮鬥，所以她能享響世界。林語堂採取奈都夫人的途徑，用熟練的英文寫出他的小說《京華煙雲》來，他摭拾了《紅樓夢》、《浮生六記》、《蝦寧子遊》等書的特點，揉合於大時代的神聖抗戰故事中，以塑造出一批中華民族男女老少生動的雕像來，因此他獲得了國際間的盛響，儼然成為中國作家的代表。

　　文開有機會在印度讀到許多足以代表印度文學的名著，

非常欣賞。自己欣賞，便也想與家人以及國人分享，來共同
欣賞。二十年來得內子普賢、長女榴麗等的合作，才譯出了
《印度三大聖典》、《印度兩大史詩》、《黛瑪鶯蒂》、《莎昆妲
蘿》、《泰戈爾詩集》（七冊）、《泰戈爾小說戲劇集》、《奈都夫
人詩全集》、《普雷姜德小說集》等十多本書和若干零星的篇
章。但分散在各處印行，有些又早已絕版。為便於讀者得將
印度文學史上有代表性的名著均有一覽之嘗，及略知其作者
生平起見，除在以上各書中精選若干篇幅外，另自《大藏經》
和近人所譯印度名著中選錄我們所缺少的作為補充，編寫一
本印度文學欣賞的小冊子。凡所選非文開本人手筆，則將原
作者或譯者姓名標明在篇末。並撰這篇《印度文學簡述》置
諸卷首。

二、詩哲泰戈爾

詩哲泰戈爾非但是印度歷史上的偉大詩人，而且是二十世紀風靡全球震撼世界文壇希有的大文豪。他的全名是拉平特拉泰戈爾 (Rabindranath Tagore)。他以公元一八六一年五月六日（孟加拉曆一二六八年正月二十五日）生於印度加爾各答。他的父親德本特拉 (Debendra-nath Tagore) 是一位印度有名的社會和宗教改革家。德本特拉有七個兒子三個女兒，拉平特拉是最小的一個。他幼年不慣於家庭和學校的拘囚式生活。他離開家塾以後，進過本地的東方學校、師範學校、和英人辦的孟加拉學校，沒有一校他能讀滿一年以上的。可是他在七歲時便由他的姪兒教會了作詩。他生平的兩位偉大教師，則是自然界和平民。

十一歲時他父親帶他到喜馬拉雅山旅行，那裡的森林生活，給他的感化很大。第二年，他的母親薩拉達 (Sarada Devi) 死了，失去了母愛，以後跟他父親在恆河畔住了幾年，練習他的寫作，發展他的天才。十四歲時寫成詩劇 *Balmiki-Prativa* 等作。十七歲遊歷英國，玩索英國詩的韻律，但翌年便返印。

這時泰戈爾已是一個飲喝著青春醇酒的少年，他為熱情與官能所感發，謳歌著浪漫的情詩，寫成《日沒之歌》(*Sandhya Sangrita*) 等詩集。直到二十三歲結了婚，他的浪漫時代才告終止。

　　後來他的兩個兒子三個女兒相繼出世，這許多小天使成為他的題材。孩子的天真與母愛引發他寫出了美麗的《新月集》。

　　這時他的父親叫他去管理鄉間的田產，過著田園生活。他常坐在一隻小艇裡，浮泛在柏特瑪 (Padma) 河上，任情地陶醉在自然的懷抱裡。同時在農村中深受農民純樸與虔誠的感動，他用同情心和他們相處，儘量幫助他們，成為他們的朋友。他設法改善農民的生活。因此招致了英國官吏的嫉妒與猜忌。他大部分的短篇小說都在這裡寫成，詩歌也寫了不少，劇本寫了《奚德蘿》等名作。

　　可是在他三十五歲前後，不幸他的長女、次女都夭折了，他的幼子也殤亡，而且他的夫人也逝世了。這極度的悲痛，純化了他的心靈，使他的思想和作品達到了最高的境地。於是在四十歲以後寫出了他的成名作《園丁集》、《頌歌集》和劇本《暗室之王》、《郵局》等巨著。並於一九〇二年在聖地尼克坦（Santiniketan，和平鄉或寂鄉）創設一所自由和愛的學校來培植人才，用教育的方式來建立改造印度的基礎。該校於一九二二年擴充為國際大學 (Visva Bharati)。其目的為溝通東西文化，造成國際和平基礎。該校課程編制均極自由，地處鄉野，師生赤足徒步，生活簡樸，且在樹蔭下席地圍坐講授，故有森林大學之稱。一九三七年該校添設中國學院，聘我國譚雲山先生為院長，促進中印文化的交流與合作。

　　泰翁的作品，原是用孟加拉文寫的，一九一二年，他攜帶他自己英譯的《園丁集》巡遊歐美各國，在各大學演講，大受歡迎。一九一三年，他以詩集《頌歌集》獲得諾貝爾文

學獎金。這是東方人獲得這獎金的第一次。一九一五年，英皇授以爵士榮銜。一九一六年遊日本，一九二〇年再赴歐美，一九二四年更到中國講學。足跡所至，到處受人狂熱的歡迎。這期間，他陸續發表了他的論文集《生之實現》、《人格》、《國家主義》、和《創造的統一》等哲學名著。返印後繼續主持國際大學。一九四一年八月七日（孟加拉曆一三四八年四月二十二日）逝世，享年八十歲。

泰翁的作品，以詩歌為主，其他的戲劇和散文，也都洋溢著清新的詩意，含蓄著人生的哲理。所以有「詩哲」之稱。他的思想脫胎於古印度的奧義書，很受他父親的影響。他融合了西洋哲學和基督教義，把印度思想予以新的解釋，而成為現代化了的東方思想。他痛貶西方思想的沉淪於物質主義，為處處分隔與排他，從事征服的堡壘文明，指出古來印度思想是調和而合一的森林文明。同時他也反對印度的階級制度，並將印度的厭世思想一變而為充滿生命與活動，孕育愛和美，以宇宙為大我，以服務為人生的積極思想。他的所謂神或梵，就是宇宙的大生命大法則。遍在於一切事物之內，也遍佈於我們自身之內。我們體認萬有的愛，捨棄小我，不絕地進化創造，無限地擴大生命人格，來融入於宇宙大生命之中才能得到「生之實現」。這便是神人合一的理想生活。這樣，他用他美妙的詩歌，用他精闢的演講，轟動了整個世界，一躍而為二十世紀世界文壇的大文豪。

基於和平的愛好，他和比塞、羅素、愛倫凱諸人在法國巴黎組織「光明團」，從事永久和平的非戰運動。他有世界主義的理想，主張「把各民族都發展開來，創造全地球統一的

國家，而各民族都成為全世界大結合的一分子。」所以他同時仍是一個愛護印度的愛國主義者。他同情貝桑夫人的自治運動，贊成甘地的不合作運動，將自己的爵位退還英國政府。

　　泰戈爾長子羅諦 (Rathindranath Tagore) 為印度當代藝術家，繼其父主持國際大學，現任該校秘書長。校長由女詩人奈都夫人擔任，奈都夫人逝世後由尼赫魯繼任，旋將該校改為國立。

三、泰戈爾詩欣賞

（一）《漂鳥集》五首

1.第一首

> 夏天的漂鳥，到我窗前唱歌，又飛去了。
>
> 秋天的黃葉，沒有歌唱，只歎息一聲，飄落在那裡。

評解：這是泰翁讚美雲遊四方，挨戶歌唱的流浪詩人之詩。用漂
　　　鳥來象徵流浪詩人，寫得十分靈活而生動；與世隔絕林棲
　　　的隱士，雖則清高，沒有積極的貢獻，可歎終似落葉的委
　　　地，同歸腐朽耳。泰翁見地超越一般印人。
　　　全詩字句美妙雋永，讀來令人悠然神往。

2.第七首

> 我的心，請靜聽宇宙的低語，那是他在對你談愛啊！

評解：中國人為天地立心，泰翁則靜聽宇宙的低語，而體認了宇
　　　宙的真理。此中印文化相異而仍相通，其最高目標，均以

仁愛為依歸也。

3.第一七七首

你的微笑是你田野的花,你的談吐是你山松的蕭蕭聲,
可是你的心,卻是我們人人皆知的婦人。

評解: 泰戈爾的上帝,到處存在,隨時隨地可以通神,而頂要緊
的是體認上帝慈愛之心。

4.第二○○首

燃燒的木頭,一面噴射著火焰,一面喊道:「這是我的
花,這是我的死。」

評解: 犧牲自己以服務人類,為人生最大的光榮。泰翁以燃木說
明人生,極貼切!極奇妙!孔子說「殺身成仁」,泰翁說「死
是生的完成」。同樣以此為主題,泰翁此詩雖僅一行,抵得
上文天祥的《正氣歌》。

5.第二七八首

世界啊!當我死了,請給我在你的靜默中保留一句話:
「我已經愛過了」。

評解: 孔子說:「朝聞道,夕死可矣!」泰翁此詩即聞道之語。

（二）《新月集》一篇

1.可惡的郵差

為什麼你很靜寂，很沉默地坐在那裡地板上？告訴我，親愛的媽媽。

雨從開著的窗子外面進來，把你滿身落濕了，但是你不放在心上。

你沒有聽到那時鐘敲四點嗎？這是哥哥要從學校回來的時候了。

你遇到什麼事了？為什麼看起來很冷淡？

今天你收到一封父親寄來的信嗎？

我看見那郵差在鎮上送他郵袋裡的信，幾乎每一個人家都有了。

只有父親的信他放起來自己讀，我斷定那郵差是個壞人。

明天鄰村是趕集的日子，你叫你的女僕去買點紙筆來。

我自己來寫許多父親的信，你會找不出一點兒錯處。我要從 A 一直寫到 K。

但是媽媽，你為什麼要笑？

難道你不相信我能寫得像父親一樣好嗎？

但是我要小小心心地把我的紙劃線，就把許多字母都寫得美麗地巨大。

當我寫完了，你是不是以為我要像父親那樣笨得把它們放在那個可惡郵差的郵袋裡去嗎？

我要自己把信送給你，我就一字字的幫你讀我的信。

我知道那個郵差不願意送給你真正的好信。(糜榴麗譯)

評解： 此詩描繪兒童之天真，活現眼前，頗有詩意，也可當獨白小說來欣賞。

（三）《頌歌集》二篇

1.第十一篇

放棄這種禮讚的高唱和祈禱的低語吧！你在這門窗緊閉的廟宇之孤寂幽暗的角落裡，向誰禮拜呢？睜開你的眼看看，上帝並不在你面前啊！

他是在犁耕著堅硬土地的農夫那裡，在敲打石子的築

路工人那裡。無論晴朗或陰雨，他愛和他們在一起。
他的衣服上撒滿著塵埃。脫掉聖袍，甚至像他一樣走
下塵土滿佈的地上來吧！

解脫嗎？什麼地方可以找到這種解脫？我們的主自己
高高興興地負起創造的鎖鏈在他身上，他永遠和我們
連繫在一起。

放下你供應的香和花，從靜坐沉思中出來吧！你的衣
服變成襤褸或被染污，那又有什麼關係呢？在勞動裡
去會見他，和他站在一起，汗流在你額頭。

評解：這是泰翁對勞動的讚美，對宗教的形式主義者和冥想的修
　　　道者之譏諷和勸告。

2.第一○二篇

我在眾人面前誇說我認識你，他們在我的作品中看到
許多個你的畫像。他們來問我：「他是誰？」我不知道
怎樣回答他們，我說：「我實在說不出來。」他們責罵
我，帶著輕蔑的神情走開，而你卻坐在那兒微笑。

我把你的事跡譜成永恆的歌曲，秘密從我心中湧出。
他們來問我：「把所有的意思都告訴我吧！」我不知道
怎樣回答他們。我說：「啊！誰知道那是什麼意思！」
他們笑笑，異常輕蔑地走開，而你卻坐在那兒微笑

評解： 泰翁對上帝有此認識，有此讚美，可以心領神會，但不可
　　　 為俗人道也。美妙的意境，譜成美妙的樂章。

（四）《採果集》一篇

1.第十九篇

　　花匠蘇陀斯從他的水池裡採下冬天劫掠後所剩下的最
後一朵蓮花，到王宮門前去賣給國王。

　　那裡他遇到一個旅行者對他說：「請問這最後一朵蓮花
的代價——我要把它供奉給如來佛。」

　　蘇陀斯說：「如果你出一個金摩沙，這花就是你的。」

　　旅行者就付了。

　　那時國王出來，他想買這朵花，因為他正前往拜訪如
來佛。他想：「我把這朵冬天開的蓮花放在他腳邊多麼
好啊！」

　　當花匠說有人出價一個金摩沙，國王就出十個，但是
旅行者便出加倍的價錢。

　　花匠因貪得，幻想為了他的緣故，使他們競爭出價的
人將使他獲得更大的利益。他鞠躬說：「我不能出賣這
朵蓮花。」

城牆外檬果林的靜寂濃蔭中蘇陀斯站在如來佛前，在佛的嘴唇上坐著愛的靜默。佛的眼睛裡輝耀著寧靜，像露洗的秋之晨星。

蘇陀斯看著他的臉，把蓮花放在他腳邊，泥首在塵埃裡。

如來佛笑笑問道：「你希望什麼？我兒！」

蘇陀斯叫道：「你兩腳的最小接觸。」（糜榴麗譯）

評解：這是一篇精鍊的敘事詩。用字、造句、佈局，均甚精妙。如珠聯璧合，無美不臻。故事的主題，使人了解：最高的代價，不是金錢，而是精神的安慰。

（五）《愛貽集》二篇

1.第一篇

沙傑罕啊，你容許你帝王的權力消失，你卻願望著一滴愛之淚珠，永恆不滅。

「時間」不憐憫人的心，只嘲笑它可悲的記憶之掙扎。

你用美麗去引誘他（指時間——譯者），把他俘獲，用不滅的形，冠戴在無形的死亡之上。

在夜的靜寂中向你愛人耳邊低語之私密，鑄成這石頭的永恆靜默。

雖則帝國崩坍向塵埃，多少世紀消失在陰影裡，那大理石卻依舊向星空歎息：「我記得。」

「我記得」——但是生命卻忘記，因為她被召喚趨向無盡期，她踏上她的旅程，無所負荷，將她的記憶留給這寂寞的美麗形式。

評解：此詩為泰翁詠泰姬陵的傑作。沙傑罕，印度蒙古王朝五世帝，自公元一六二八年至一六五八年在位凡三十載。其后泰姬瑪哈兒早死，帝因愛后之故，接受她臨終時含淚的請求，於一六三〇年建立白大理石巨坟於阿格拉城外，以留永久紀念，稱泰姬陵。泰姬陵高達二百四十三英尺有奇，至今尚存。矗立瓊那河濱，倒影映水中，美妙無比，與我國的長城、埃及的金字塔齊名，均為世界七奇之一。泰姬事跡詳見拙著《奇后泰姬傳》，已編入《印度古今女傑傳》書中。

此詩以意境的高超與變換勝出。詩的節奏所成旋律，也與意境的轉變密切配合。詩從讚許沙傑罕開頭，幾經轉折，最後以「無所負荷」達成愛的昇華境界。詩中將時間與大理石，予以人格化，運用便見靈活。開頭對沙傑罕的一聲呼喚，末段將「我記得」一語疊用，尤為得力。

2.第四九篇

我的孩子，你問我：「天堂在那兒？」——聖哲告訴我

們，天堂超越乎生與死，不被日與夜的節拍所支配；它是不屬於這大地的。

可是你的詩人明白，它，因時與空而不絕地渴望著，它始終努力去出生於富饒的塵世，天堂滿足於你甜蜜的身體裡，我的孩子，滿足於你跳動的心裡。

海歡樂地擊鼓，花踮起足尖來吻你，因為天堂在你身上，在地母的懷抱裡。

評解： 詩哲泰戈爾啟示我們，不必空盼望來生的天堂，天堂就在人間，而且就在你自己的身上，自己的心裡。鳥飛魚躍，海鼓花踮，都是天啟，你當善自體認領會，不須作徒勞的旁騖啊！

（六）《橫渡集》三篇

1.第三篇

起風了，我張起我歌之帆。

舵手，坐在船舵邊。

為了要在風和水的韻律中跳舞，我的船正急急地解纜。

白天是過完了，現在黃昏到臨。

我岸上的朋友們已告別而去。

鬆開鍊條，拉起鐵錨，我們藉星光而航行。

就在我離開的時刻，風激盪成音樂的低語。

舵手，坐在船舵邊。（裴普賢譯）

評解：這是美妙的詩篇，也是泰翁滿足於人生航程中獲得了舵手的愉悅心聲。

2. 第六篇

你已經做得不錯，我愛，對你送給我你的痛苦之火，你已經做得不錯。

因為我的供香除非被焚燒，永不發出香氣來，我的燈盞除非被點燃，一直是盲目不明。

當我的心靈麻木，必須用你的電光來閃擊了；那時被你雷霆點上了火，蒙蔽我世界的極度黑暗，燃燒得有如火炬的通明。（裴普賢譯）

評解：發熱發光的生命之火，要用痛苦來點燃。沒有犧牲，難得愛的完成。換言之，只有犧牲才能充分發揮生命的價值。這就是生命的意義。

3. 第三六篇

航行竟夜，我來到生命的筵席上，晨之金杯，正為我注滿了光彩。

我快樂地歌唱。

我不知施主是誰。

我也忘記了詢問他的名字。

中午，我腳底下的灰塵變得發燙，頭頂上是火傘的高張。

被乾渴所驅遣，我到達井邊。

水灌注給我。

我飲喝。

我愛那紅寶石杯，有如接吻般甜蜜。

我沒有看到那個持杯人，也忘記了詢問他的名字。

疲乏的黃昏，我覓路回家。

我的嚮導帶了燈來，向我招手。

我詢問他的名字。

但我只見他的燈光穿越靜默而行，只感覺到他的笑容充實了黑暗。（裴普賢譯）

評解：吾人常蒙主恩而不自知。泰翁此詩即從這方面用象徵手法對與我同在的主的頌讚。我們受惠於真理，真理永遠引導著我們，導向光明、導向永生。

（七）《園丁集》一篇

1.第一篇

侍　臣

憐憫你的侍臣吧，女王！

女　王

會已開完，我的侍臣們已散，你為什麼來得這樣晚？

侍　臣

要你接見別人以後才輪到我。

我來請問，留下了什麼事情，給我最後的侍臣去做。

女　王

現在太遲了，你還能希望什麼呢？

侍　臣

派我做你花園的園丁。

女　王

這是多麼愚蠢啊！

侍　臣

我不願幹別的工作。

我把我的刀槍扔在地下。不要派遣我到遠處的宮廷；

不要命令我從事新的征戰。只要求派我做你花園的園
丁。

女　王

那麼你負些什麼責任呢?

侍　臣

侍奉你閒暇的時日。

我將使你清晨散步的草徑保持新鮮,在那裡你玉趾的
每一腳步都受到繁花的歡迎,受到它們拼命地禮讚歡
迎。

我將使你在沙布答巴那樹間盪秋千,在那裡,黃昏的
早月將掙扎著穿過樹葉來吻你的衣裙。

我將用香油注滿點燃在你床頭的燈盞,並用檀香和鬱
金的軟膏做成奇妙的圖案來裝飾你的腳凳。

女　王

那麼,你要什麼酬報?

侍　臣

容許我握你那嬌嫩如蓮蕾的纖手,把花環戴上你的手
腕;用無憂花瓣的鮮汁塗染你的足掌,而且吻去偶或
沾留在那兒的塵土之污斑。

女　王

你的請求我答應了,我的侍臣,你可做我花園的園丁。

　　　　　　　　　　　(糜文開、裴普賢合譯)

評解: 這是詩劇式的對話詩。詩中泰戈爾以女王象徵上帝,而以
　　　詩人藝術家比之於藝花的園丁,以表達其自己願為園丁的

志趣。體裁新穎，詞藻華美，讀起來彷彿是我國一篇唯美的短賦。泰戈爾詩的多采多姿，於此可見一斑。

四、女詩人奈都莎綠琴尼

今年三月第一次泛亞洲會議在新德里開會。這會議的召開是由奈都夫人所主持的，出席的有中國、土耳其等三十餘國代表二百數十人，到會的聽眾有三萬人，真是印度史上第一次盛大的國際會議。在這裡，我也第一次聽到了奈都夫人的演說，她的演說真偉大。這用思想的經，感情的緯，織成的演說，有節奏有旋律的演說，真像一首配上了樂曲的偉大的詩篇。她雖剛病痊，她的抑揚而清脆的聲音卻響徹了會場每一角落。她高立於主席臺上，很自然的隨口致詞，只聽見她的聲音，有時像花晨的鳥語，月夕的鳴琴，委婉動人。有時她似自由女神般一手高舉，大聲疾呼，又像獅子的怒吼，巨雷的震響，表達了她鋼鐵的意志，點燃了全場人的熱情的火焰。這時，在我小小的心裡自語著：「啊！這真是一首偉大的詩篇！」

這位燦爛的人物，她最初出現於印度，是一個民族詩人，接著成為一個革命領袖，一個政治家，一個婦女運動的領導者。這多方面的發展，寫成了她詩一樣動人的生平，把她鎔鑄成一個亞洲偉大的女性，詩哲泰戈爾以外最知名的印度大詩人。

奈都莎綠琴尼 (Sarojini Naidu) 一八七九年二月十三日生於南印度回教土邦海德拉巴，但她是屬於孟加拉省的婆羅

門望族。她的父親是蘇格蘭愛丁堡大學的科學博士，姓卻託帕特耶，名亞哥里奈 (Aghori Neth Chattopadbyaya)。他在海德拉巴創辦了尼山大學，就在尼山大學擔任校長的職務，推行印度的科學教育。她的母親是一位用孟加拉文寫詩的女詩人。

莎綠琴尼自幼即受到嚴格的教育。她在六歲時，曾被父親打過一次，原因是在練習英語會話時，她講錯了一個字。在九歲時，因為她不用功讀英文，又被父親鎖在一間屋子裡。從此她的英文很有進步，且下了非用英文說話便不開口的決心。但是她的母親還是同她講印度話，而她的父親也並不太壓制她的個性，卻主張讓她性之所近，得到最適宜的發展。

莎綠琴尼對於美術、詩歌、文學以及大自然美的愛好，自幼即非常濃厚。她十一歲時，便開始寫她的第一首詩，發現了她寫詩的天才，從那時起，她的寫詩生活便開始了。她在做代數題時盡力思考，總是做不出來，在這種極端困惱之下，卻毫不費力的寫了她第一首詩。在十二歲時，她的學力使全印度為之驚奇，因為她這時獲得了印度馬德拉斯大學入學考試及格證，但是她對學校教育，並不感到很大的興趣，她只是專心於她的寫作練習。在十三歲時，她依照英國詩人司各德的格調，寫成了一首一千三百行的長詩，又寫了一個二千行的劇本。因此，損壞了她的健康，她就被令停學回家休養，可是她不能完全靜下來，在靜養時期，仍每天記她的日記，而且又寫了一本小說。

一八九五年，莎綠琴尼十六歲，愛上了年輕醫生奈都。印度教傳統的禮俗，不同身分的人，是不許通婚的。莎綠琴尼所屬的婆羅門是印度社會上的最尊貴階級，而哥文拉朱羅

奈都 (Govind Rajulu Naidu) 卻是最低賤的第四階級首陀羅。她父母對於這件事深感不安，便把她送到英國去留學。她到英國後，先在倫敦的皇家學院，後來轉入劍橋大學的格里頓學院，可是三年後她從英國回印，她仍不顧階級的限制，社會的抨擊，終於打破這幾千年來的鄙習，和奈都結了婚成為社會革命的先驅。

他們結婚後，過著頂幸福的家庭生活，育有子女各二人。她在英國留學期間仍埋首寫作，她的作品得到英國人的好評。作家兼批評家亞塞西門 (Arthur Symons) 對奈都夫人的印象很好，他指出她特具的優點，他深表驚異她那一雙有表情的眼睛，說那是搜尋大自然美和發掘美與生命奧妙的慧眼。其他的特點被西門所發現的，是她對於苦與樂的敏感和她的幽默感。

可是那時她的詩的風格與內容，完全是英國式的，沒有能夠把握東方的精神與色彩。直到她遇見一位英國友人，才得到了她寫作方向的啟示，這友人便是著名的文學批評家歌史爵士 (Sir Edmund Gosse)。歌史勸她改變作風，用印度人的身分去寫印度生活，去描繪印度的風土人情，——去頌讚偉大的喜馬拉雅山與神聖的恆河，去歌唱印度古今男女英雄的偉烈。以後她寫了三本詩集：《金闥》、《時之鳥》、《折翼》，使她一躍而為聞名世界的一位印度大詩人。有「印度夜鶯」、「印度女王」等稱號。

這三本詩集，她一方面吸收了印度民歌與古詩的情調，用純熟的英文詩歌的技巧，表達於世界，一方面呼喚著印度國魂的蘇醒，熱切期望新印度的誕生。她的樂觀精神，鼓舞

著印度青年用不滅的生命之力來承受苦難，為國家人類光明而服務。有一個故事說，當甘地和印督談話而感到迷亂時，他閱讀奈都夫人的詩作，於是重要的會談得順利地進行。

奈都夫人的三本詩集，在印度有各種印度語的譯本，並有若干首配上了樂譜以便歌唱，她的詩集，也有幾種歐洲語的譯本。她的詩集在美國出版時，三本訂成一冊取名叫《御笛》。可是她的詩篇中有很多印度花木蟲鳥，人名神名等，不加註釋，外國人是不易了解的。

奈都夫人是一個有革命思想的熱情女子，單是寫詩的生活不能滿足她的欲望，所以她參加了政黨的活動。一九一五年她的詩作在國民大會宣讀，一九一六年，在國民大會的勒克瑙會議中，她已嶄露頭角。從此她努力於政治的鬥爭。詩哲泰戈爾曾經告訴她說：「當房屋著火燒起來的時候，詩人必須停止歌唱，而去拿水來搶救。」當甘地號召全印發動不合作運動時，她已毅然走上街頭走向農村，把全部的心力奉獻於革命工作。從此她放棄了創作詩歌的生活，很少寫詩。她把她烈火般的演說，代替了她的詩歌。

奈都夫人是國民大會裡的第一流演說家，能用印度通行的各種語言作極其流利的演講，而且有詩一般的力量。有一次，塞爾波斯爵士對她說：「夫人，我們感謝你在我們平凡的進程中，帶來了詩的力量。」她前進的精神，引導著許多印度青年，追尋偉大的目標。她通常工作的武器，就是演說，她赴全印各地演講，所發生的力量不下於久經戰場的十萬雄師。據說尼赫魯的走上遠大的前程也曾受她動人的雄辯所感召。

一九二五年她當選為國民大會的主席，這是印度女性第

一次獲得這榮譽的職位。後又被選為印度婦女大會的主席，主持全印婦女運動。她曾遊歷歐美南非及亞洲各地去演講關於印度的一切，使世界人士明白真相，對印度民族解放運動有深切的了解與同情。她也曾多次被捕入獄，損壞她的健康，然而這更加強了她的勇氣與信念。一九三〇年的被捕，是甘地在食鹽長征中被捕後，她領導著真理運動的關係。一九三二年的入獄，是她代理當時被禁的國民大會的主席的緣故。最後一次是一九四二年國民大會的八月決議要求英人退出印度，引起了大逮捕。她是一個威可懾人的人物，據說某次她曾從這個警察局到那個警察局要求入獄，警察要想捉她而不敢下手，警察一捕到她，就很盡職地聽她的命令。

但是她的艱苦卓絕的事業並未把她男性化，她還是一個女性，她愛她的子女，她的朋友，她愛歡笑，她愛談天，她愛幽默。她在印度是一位交際最廣的女主人。她在孟買泰姬飯店的接待室裡，什麼樣的客人都可看到，上自王公貴人，下至吞刀吐火的一流人物。全印都知道有一個笑話，說是奈都夫人日食五餐，兩餐是飯，而三餐是談天。去年九月印度過渡政府成立後，在新德里的各個酒會上，也常見她穿著墨紅色的紗麗，古式的印度鞋，逢人應酬。雖是老態可掬，依舊談笑風生，並健於啖嚼，不時揀著香腸雞肉之類，送進口中，吃得津津有味。

在印回糾紛中，她是一個有力的調停人，因為她自小便與回教徒為友，能讀回教徒使用的文字，最能了解回教文化，最得印回雙方的信任，但是她歷年印回團結的努力，還沒有得到最好的結果，現在巴基斯坦政府的成立，印回在目下還

是分治了。

　　奈都夫人在婦女運動方面，努力廢除童婚和深閨制度。她要求女子在爭取印度獨立中，要和男子同樣努力表現同等的能力。她要求印度的父母給女兒以頂好的教育，使她們努力向上，趕上時代去做女法官、女律師、女議員等，但千萬不能忘掉去做一位賢妻良母。她贊成婦女參政，但她不爭論制定婦女的各種額定人數，她說：「假使要強迫的話，我們仍是弱者。」奈都夫人本身便是印度婦女的表率，她的獲得政治地位，只依靠她的能力的表現。本年八月十五日英國將印度政權交還印人，印度新政府成立，她被任為聯合省省長。

　　她和擔任駐蘇大使的潘迪德夫人，擔任中央政府衛生部長的阿姆立德高爾 (Rajkumari Amrit Kaur) 被稱為印度三女傑，但三人之中要算她的資格最老，她在國民大會中工作已達三十餘年之久。年紀也最老，今年已經六十八歲了。但是她那矍鑠的精神，老而益壯，她似乎覺得比她的女兒還要年輕。

　　奈都夫人是新印度的母親，她本著愛的動機來為人類服務，她愛護青年，她引導他們走向真理。印度的青年男女對她也有無比的信仰與尊敬。她曾說很希望她死後在她墓碑上刻著這樣一句墓銘：「她愛護印度青年。」一九四七年十月。（本文作者：糜榴麗）

編者註： 奈都夫人於一九四九年三月二日病逝於聯合省省長任所，享年七十。舉行國葬，備極哀榮。

五、奈都夫人詩欣賞

（一）前　言

　　中國的詩作者，由於文字的隔閡，很少讀到東方的詩作，許多寫詩的人多從英、法、德文當中去閱讀西洋詩。故中國的新詩無形的受了德國、法國、英國浪漫派和象徵派的影響很大，而難得到屬於東方色彩的作品。在東方除中國而外，就是印度和日本具有詩的歷史。日本的詩，過於纖巧實無學習之處；而印度的詩介紹到中國來的，只有泰戈爾，至於印度另一位大詩人奈都莎綠琴尼對於中國讀者，尚覺陌生。

　　數月前，在書店中購得糜文開先生所譯的《奈都夫人詩全集》，匆讀一遍，頗感詩中意味甚濃；讀之再三，始覺奈都夫人藝術手腕，極為高妙。其高妙之處，和英法詩中所有的迥然不同；因其內容豐富，格調新鮮，表現了東方的生活和精神，適合中國讀者的趣味。而糜文開先生的譯筆，信實流暢，生動有致。故我決定從《奈都夫人詩全集》裡，選擇一部分詩，在每一首詩後面，我加以技巧上的分析與研究，這樣便於讀者了解和學習。

　　我選奈都夫人的詩時，我有一個標準：即屬於思想方面

的代表和屬於藝術價值方面的代表作品。我要從這些極少數
的作品中,讓讀者去了解奈都夫人貫串在一個作品中的精神,
而獲得一個正確的認識與學習的道路。

其中一部分詩為糜文開女公子榴麗所譯者,則於詩末署
有譯者名,凡未署名者則為糜文開所譯。

(二) 從奈都夫人詩裡學習什麼?

近代在印度出現了兩個大詩人,一個是泰戈爾,一個是
奈都夫人,泰戈爾的詩是表現他的哲學思想,而奈都夫人則
表現了印度的生活,兩者同樣是表現東方精神的極致。泰戈
爾以古代哲人的姿態歌頌了自然;而奈都夫人卻以近代的鬥
士的姿態歌頌了醒覺的印度。兩位詩人均能在思想上給我們
一種啟示,而奈都夫人的詩較之泰戈爾的詩更能使我們接近;
因為奈都夫人詩中所表現的生活感情使我們感覺切實。

奈都夫人最初寫詩,完全以摹倣英國詩為能事,後來她
遇到英國著名文學批評家歌史爵士,勸她改變作風,以印度
人的身分去寫印度生活,把握東方的精神。她得此啟示,轉
而去寫印度人的風土、人情,以及印度人的光榮與災難,得
到很大的成功,因此一舉成名,成為印度大詩人之一。其名
僅次於泰戈爾。

中國的新詩人,一向是在西洋詩中去攝取新的營養,有
許多人和奈都夫人最初寫詩一樣,完全摹倣外國詩,而不能
像奈都夫人一樣以西洋詩的技術來表現其本國的生活情感,

以為中國的新詩是西洋詩的移植而不是蛻變的錯誤想法，以為中國的新詩應該是極端的歐化，否則，便不能表現其近代特色的謬誤觀念。因此，中國少數的詩作者將被這種謬論送到牛角尖裡面去。因此，我極力推薦奈都夫人的作品給中國初學寫詩的朋友們，就是希望中國新詩人要向奈都夫人看齊。但是，我們從奈都夫人詩中學習什麼呢？這是中國初學寫詩的朋友應該知道的。

首先，我們要認識奈都夫人詩的特點：

第一：題材的多樣性。奈都夫人轉變作風正是發現創作新方向的一個關鍵，於是奈都夫人便把她的視線由英國詩中移開，而去觀察印度的現實生活，其作品不再是從書本中所獲得的靈感，而是從現實生活中獲得的靈感。因此，她的作品表現了極豐富的生活內容，那就是她的題材不再限於單純的空靈的幅度，而是印度自然人物廣闊的抒寫，在她的《金閣》、《時之鳥》、《折翼》三本詩集中，可以看出她選擇題材的廣泛，除了歌頌生與死及愛情的詩而外，她寫了印度的風土、人情、自然美、熱帶的植物，以及歷史上的英雄，和現實中各種各樣的人物。我們在她的詩中，不僅看到印度所特有的綺麗的風景，奇異的花草，飛禽走獸，同時也看到了流浪的歌者、漁夫、吹笛者、村姑等。而奈都夫人還有個最重要的題材，就是寫印度的光榮與苦難和印度國魂的復活。在她的三部詩集中，首先感到的特點，就是題材多樣性。這一特點，中國新詩作者特別應該學習，因為中國的現實較之印度的現實更為偉大，中國人民所遭受的苦難較之印度人民所遭受的苦難更為深刻。中國詩作者自不能自己圍於窄狹的範

圍之內，只寫自己的生活情感，而與現實不發生關聯。

第二：綜合性的創造。無疑的奈都夫人所受的完全是英國詩的教養，可貴的是她將從英國詩中學來的表現方法，和印度的揉合起來成為綜合性的創造，她不再是原樣的「移植」，不再是照樣的擬摹，也不是純印度的陳舊的產物，而是將兩者的優點摻合起來的新的蛻變。一個新文學的產生及其長成，必是由於外來的因素而起的新的變化。奈都夫人的詩之所以有如此成就，就是一個證明。從奈都夫人詩中，我們可以看出，她所受的英國詩的影響，完全屬於浪漫派的，而她作品中所表現的則不完全是浪漫派的作風，她有象徵主義的含蓄，有民歌的樸實，有現實主義的氣息，把她的作品歸入任何一個派別都不適合，她的作品是一個屬於時代的現實的新的產物。中國詩作者，要特別學習這種綜合性的創造方法，方能創造出適合於表現中國現實的生活情感的作品，成為一個新的獨特的風格。

第三：卓越的表現方法。奈都夫人的表現技巧是很高的，她的詩幾乎每一首都能給讀者深刻的印象，就是她的詩每一首都刻劃出了生動的形象，而她善於把握詩的本質，在未以文字表現出之前，其內容就足夠動人，就已使讀者衷心的佩服，如《迷蛇曲》、《烈婦詞》、《愛的崇拜》等，都是純粹的詩：將這種純粹的詩的內容，予以精鍊的詞句和具體的形象當然會成為完美之作。奈都夫人善用比喻和暗示，其比喻確切、生動、具體，成為她詩中最顯著的特色。在《愛的崇拜》裡，她用以手捏花的動作來比喻，表現出了難以說得明白的抽象的情感。在《葛爾慕火花之讚歌》裡，她用許多類似葛

爾慕火花的色澤來比喻，表現出了葛爾慕火花殷紅的顏色。在《金桂》裡，她用許多類似金桂的形狀和光澤的物體來比喻，表現出了金桂的色彩和形狀，而給讀者一個完美的具體的印象。奈都夫人寫一件事物，不僅寫出其本身的形態、色彩、氣氛，而且寫出了內在的生命。這種卓越的表現方法，是特別值得學習的。而其詞句之簡鍊，結構之謹嚴，形式之富於變化，鑄意之深刻，尤為初學者學習的模式。

　　以上三點，是我對《奈都夫人詩全集》技巧研究的結論。讀者要獲得其詩中的神髓，要不厭其詳的去研究和閱讀。能如此，我相信讀者所獲得的益處，當不只限於我說的這三點，必能有更佳的收穫。

1.科羅曼德的漁夫

> 起來，兄弟們，蒼天醒來向晨光禱告，
> 像嬰兒整夜哭喊的風已睡在黎明的懷抱，
> 來啊，讓我們海岸上聚集我們的網，放出我們自由的漁艇，
> 去擒捉在潮頭跳躍的財富，因為我們是大海之子孫。
>
> 勿再遲延，讓我們趕快跨上海鷗啼過的行程，
> 海是我們的母親，雲是我們的兄弟，浪是我們的友人。
> 當日落時，即使我們還在飄蕩，在海神驅使之下，又有什麼關係？
> 他的手握著那風暴的長髮，我們的生命可隱蔽在他的懷抱裡。

芬芳是椰樹坪的蔭影和檬果林的氣息，

芬芳是滿月籠罩的沙灘所發悅耳的音節。

但是更芬芳的，哦，兄弟們，卻是那四散的浪在接吻，

和狂歌的白沫在舞蹈，

划啊！兄弟們，划向那綠的一痕，那裡大海和低天正在擁抱。

譯者註： 印度半島東方海岸屬於馬德拉斯 (Madras) 者，名科羅曼德海岸 (Coromandal Coast)，西方海岸屬於孟買省者，名馬拉巴海岸 (Malabar Coast)。

《科羅曼德的漁夫》(*Coromandal Fishers*) 是帶有寫實的色彩，是描寫漁夫們的生活，題材雖屬寫實，因其以詩的形式表現，故其抒情成分極為濃郁。第一段寫黎明的海多美，詩人給讀者展開了海的景色之後，即以讚美漁夫們生活的情感，喊出了心裡的呼喚，要他們及時馳向大海之中，去擒捉在潮頭跳躍的財富。

第二段有兩個極富形象的句子，「海鷗啼過的行程」來寫出「海」一字，而讀者腦中，就有海的印象，如梅士菲爾在《怒海》中的：「在海鷗的路上，鯨魚的路上」同樣的寫法。第四行的「他的手握著那風暴的長髮」，意指風暴能用堅強的意志來克服，以勇毅來控制。以「長髮」象徵風暴，以「握」來比喻克服，是極新鮮的寫法。

第三段，全是寫海的美，每一個句子，不僅形象化了，而且具有一種魅力，這是一個誘惑，讓漁夫們懷著奇異的希

望，「划向那綠的一痕，那裡大海和低天正在擁抱」，寫海天一線，極為出色。

　　全詩給讀者一個鮮活的印象，此詩雖然寫實，抒情的成分多於敘事的成分。

2.迷蛇曲

> 在我魔笛的叫喚下，你將躲向何處？
> 被罩住在月光織成的香味網，
> 那裡有一叢寇拉香看守著瞌睡的松鼠，
> 那裡有茉莉花在深樹裡閃發出淡白的光，你在何處躲藏？
>
> 哦，可愛的，我將餵你牛奶和野紅蜜，
> 我將帶你在燈心草編的筐中，綠和白相間，
> 到宮殿去，那裡穿著金縷衣的少女們正把笑聲伴著針線，
> 在穿結悅人的花瓣。
>
> 你在水聲淙淙的洞穴，何處逍遙？
> 那裡有夾竹桃散佈著紅得像神秘的火光。
> 來啊，你，我用蜜語求愛的妙人兒新娘，
> 來啊，你，像銀護的胸膛，是我願望裡的月光。

譯者註：寇拉 "Keara" 香草名。

　　印度弄蛇者吹其魔笛，蛇即昂首舞動，沉醉於音樂聲中，印度街頭常有弄蛇者表現蛇舞以歛錢。奈都夫人此作，即摹擬魔笛音調，寫魔笛中所傾訴的媚蛇之語。

　　這是一首寫印度風俗，具有極濃的地方色彩的奇異的詩，開頭兩句就不凡，「在我魔笛的叫喚下，你將躲向何處？」具有一種深沉的力量，讀時如聞其奇異而悠揚的笛聲。第二句極妙，印度為熱帶，多產奇花異草，故處處都瀰漫著香味，月光把香味織成網，就妙在這「網」字，此一字，不僅把香味形象化，而且增加了月光之神秘氣氛。同時，也暗示了魔笛的叫喚似一網羅，蛇將無法漏網而去躲藏，以加強「你將躲向何處？」之意味。第三句，寫寇拉香和松鼠，「瞌睡的松鼠」四字，已是神態畢露，再加以寇拉香的「看守」，成為絕妙的對照。「看守」寫植物的特性，形容植物站立之姿態，如一看守者。第四句說：「茉莉花在深樹裡閃發出淡白的光」，讀者要注意這「光」字，因為有光，弄笛者能看見，蛇又怎樣躲藏呢？後三句都是加強第一句的何處藏躲之意，這就是結構嚴謹，而不鬆懈。

　　第二段是吹笛者的媚語，以甜蜜的言詞，呼喚蛇來，以牛奶和野紅蜜誘惑蛇來。要把蛇裝在筐中，帶到宮殿去，那裡有美麗的少女，「正把笑聲伴著針線」，這一「伴」字省略了許多字彙，而且構成了一幅動人的圖畫。

　　第三段第二句以火光來形象夾竹桃的紅花，火對於蛇是一種恐怖，盼蛇勿去。第四句「銀護的胸膛」寫蛇的肚腹，極為優美。

3.印度戀歌

（她）

像一條蛇游向笛聲的呼喚，

我的心滑入你的掌中，哦！我愛！

那裡野風像愛人般倚在

他的茉莉花園與「雪律莎」亭；

五色果實熟透的枝頭，

光彩的鸚鵡群像朱紅的花朵。

（他）

像玫瑰花瓣中含著香水，

隱藏你心在我懷，哦！我愛！

像一個花園，像一顆珍珠，像一隻斑鳩

懸巢在「無憂樹」叢。

哦，愛啊，靜靜地躺著直到清晨播種

她的金色帳幕在象牙田中。

譯者註：　「雪律莎」印度草花名，花白色有香。

　　　　　「無憂樹」"Asoke-Tree" 印度孔雀王朝 "Asoka"，舊譯
　　　　　阿育王，唐玄奘以 "Asoka" 意為無憂，改譯無憂王。本
　　　　　此 "Asoke-Tree" 譯「無憂樹」。印度無憂樹有二種，其
　　　　　一矮小，為藥材，其一高大，樹蔭如傘蓋，植於道旁，
　　　　　行人憩息樹下，可避烈日。

《印度戀歌》(*Indian Love-song*) 是奈都夫人以民歌的形

式寫成的，是戀愛中的青年男女一唱一答，如中國的廣西的
情歌一樣，有樸實無華的風格。然而它仍然充分的表現了美。
女的所唱的一段，頭兩句多有意味，像「蛇游向笛聲的呼喚，
我的心滑入你的掌中」，其依戀之情，刻劃入微，就只是這兩
句，已足夠表現少女的感情了。而男的所唱，也夠味，「像玫
瑰花瓣中含著香水，隱藏你在我懷……」，是真正的優美的詩，
非一般帶有庸俗之氣的民歌可比，出自大詩人的手筆，自是
不同凡響。

4.夜

　　　蛇兒在罌粟叢裡瞌睡，
　　　螢火蟲照亮無聲的豹路，
　　　在迷亂的小徑，膽怯的羚羊走入歧途，
　　　鸚鵡的羽毛比夕照更為光輝。
　　　哦，靜一點，溪上蓮花的蓓蕾
　　　擺動著像夢中的甜美少艾。

　　　一道身分標記在天宇之碧色的額上，
　　　金色的明月燃燒得虔敬而光亮，
　　　清風在林中的廟宇裡舞蹈，
　　　在夜的聖足邊暈倒。
　　　別作聲，在靜寂中神秘的聲音在歌唱，
　　　在神前他們正上香。

　　《夜》(Leili)，前兩句就刻劃出了夜底形象，蛇在罌粟叢

裡瞌睡，寫出了花叢中美麗的夜，螢火蟲照亮無聲的豹路，寫出了叢林中美麗的夜。在迷亂的小徑上，羚羊走入歧途，因為是夜的緣故，鸚鵡的羽毛更光輝，也因為是夜的緣故，溪上蓮花的蓓蕾像夢中的少艾，也因為是夜的緣故，這一段每個句子都是夜，而未寫出「夜」一字，這就是所謂「表現」，而不是「說明」。這一段把夜的寧靜，光彩，氣氛完全表現了出來。

「一道身分標記」是指月光，後段三四行寫風，最為生動，其得力的動詞，是「舞蹈」和「暈倒」兩詞，「舞蹈」寫風之活潑吹動，「暈倒」寫風之消失，尤其在廟宇裡「舞蹈」，在聖足前「暈倒」，形象更為具體。最後兩行，寫出了廟宇裡靜穆的夜。

在這首詩裡，作者把握著夜的幽微與夜的神秘。

5.詩人的戀歌

在午潮的時候，心安而氣壯，
哦，愛啊，我不需要你，我做的狂夢
是細縛世界在我欲望中，
是掌握清風作無聲的俘虜在我凱歌中。
我不需要你，我正得意滿懷，
請保持你靈魂的靜默，遠處在海外！

但在煢獨的子夜，
當星一樣恬靜的歡快
睡著在靜穆的山頂與無聲的海上，

哦，於是，愛啊，我的靈魂渴望你的聲音
讓你的靈魂以激昂樂調的魔力，
在海的彼岸給我應允。

《詩人的戀歌》(*The Poets Love Song*) 一詩，也許就是奈都夫人自己的心聲，她是不平凡的女性，在這首詩裡，亦可以看出，「我做的狂夢是綑縛世界在我欲望中，是掌握清風作無聲的俘虜在我凱歌中」。語氣不同凡響，這兩句詩，也寫得極美。她「得意滿懷」時，求愛人保持靈魂的靜默，因為，她的靈魂正在欲望的進展之中。在煢獨的子夜，「睡著在靜穆的山頂與無聲的海上」時，就要她的愛人以激昂樂調的魔力，在海的彼岸應允她的心聲。這是動與靜的對比，前段是寫心靈的動，後段是寫心靈的靜。在動中，需要愛人的靈魂保持靜默，在靜中才需要心靈的應允。這完全是詩人情懷的抒寫。這首詩的情懷或許不為一般讀者所理解，因為是屬於性靈的作品。得到如此境界，可謂至極。

6.印度舞

眼睛有勾魂的魅力，美感地跳動的，多麼熱情的胸，火在燃燒！
深飲著淡紫色的天宇之靜寂，那光的噴泉環繞著她們耀照；
哦，激昂與迷醉，那急促音樂的旋律，裂開星星像一個慾情的哭泣，
美麗的舞娘有嫵媚的臉，誘惑著放蕩的夜之守卒。

紅玫瑰與檀香的氣味飄散著消失在她們纏繞珠寶的髮鬘之繽紛，

她們的笑容縈迴著像魔蛇的鴉片味的罌粟唇；

她們閃光的紫衣發射火焰像震盪空中的戰抖的黎明。

優美，奇妙，與緩慢是她們韻律的輕柔的腳之步伐與鈴聲。

一會兒寂靜，一會兒歌唱，搖蕩著，擺動著像花枝被風吹雨打而鞠躬。

一會兒放肆地，她們閃爍著，一會兒她們踉蹌著，停滯著，萎靡在光煥的歌隊中；

她們佩珠的玉臂，溫柔波動的百合花似的長指，令人陶醉掉和諧的鐘點。

眼睛有勾魂的魅力，美感地跳動的，多麼熱情的胸，火燄正熊熊！

譯者註： 印度舞蹈之特色為其眼珠之轉動，頭與頸之牽扭，手指之花式，腳踝鈴聲之節拍。其手與眼之呼應，手指與臂之美妙動作，象徵之表現，均須經嚴格之訓練，配以藝術之天才，方能有出神入化之演技。

《印度舞》(*Indian Dancers*) 和《迷蛇曲》有著同樣的魅力，同樣是印度的特色。這首詩完全是客觀地描寫舞蹈，作者把印度舞特有的動作，刻劃得細緻入微，有蕩人心魂的描繪。「裂開星星像一個慾情的哭泣」，「美麗的舞娘有嫵媚的臉，

誘惑著放蕩的夜之守卒」，是象徵手法。這是一首寫實和象徵混合應用的寫法。「佩珠的玉臂，溫柔波動的百合花似的長指」、「令人陶醉掉和諧的鐘點」與「眼睛有勾魂的魅力」，是卓越的寫實的筆法。

7.海德拉巴城之暮色

看斑斕的天怎樣燃燒得像一隻鴿子的頭頸，
鑲嵌著蛋白石與橄欖石的餘燼。

看白色的河流波光激灩，
彎曲著像一隻長牙伸展在城門的嘴邊。

請聽，那小塔上回教僧的呼喚，
飄揚著像一面戰旗插上城垣。

從櫛比的洋臺閃耀著衰弱而光亮的面容，
籠罩在無邊的壯麗中。

蹣跚的象隊從容地繞過曲折的市井，
搖蕩著牠們繫在銀鏈上的銀鈴。

環繞那高高的卡塔，快樂的人馬的喧聲，
混和著鐃鈸與夜樂的音韻。

經過那城河的橋，尊嚴的夜到來，
扛抬著像一個皇后去赴盛大的宴會。

譯者註: 海德拉巴城為南印回教土邦海德拉巴的京城。卡塔為該

城之塔名。此詩描寫印度風光，令人神往。

《海德拉巴城之暮色》(*Nightfall in the City of Hyderalad*)是一首描寫印度風光的詩，地方色彩極濃。一段寫暮色之降臨，以「鴿子的頭頸」、「蛋白石」、「橄欖石」表現出晚霞，紅、白之色彩，二段寫河流彎曲伸展在城門的嘴邊，像象牙，其和第一段所用的比喻，都是印度特有的產物，更能給讀者一個深切的印象。最後三段，寫海德拉巴城入夜的喧囂、熱鬧，極為生動。最後一句，把夜象徵成一去赴盛大宴會的皇后，表現出了海德拉巴城之夜的輝煌與神秘。

8.葛爾慕火花之讚歌

什麼能匹敵你可愛的色彩？
哦，春之燦爛恩物。
是那新娘禮服的閃耀紅光？
是那野鳥之翼的豔麗之赤？
還是那燃燒在蛇王額上的
珍珠之神秘火色？

什麼能匹敵你眩目的
一時燦爛的壯麗之愉快？
是把海洋的面容染色的
那光煥黎明的鮮豔雲霞？
還是那為援助一個拉奇普德王后
而從千萬個胸中迸流出的血花？

什麼能匹敵你的嬌嫩的

勝利之火的光榮凱旋？

是希望之火或憤怒之火？

還是我渴望之心的烈焰？

或者那跳向天上的狂喜之光

發自一個忠實妻子的積薪之火葬？（榴麗譯）

譯者註： 葛爾慕火花 "Gulmohur Blossoms" 產於印度，樹高大，春日開血紅之大花，鮮豔奪目，美麗無比。此詩僅就花之嬌紅加以讚美，其詞藻之瑰麗，想像之奇妙，堪稱大手筆。

《葛爾慕火花之讚歌》(*In Praise of Gulmohur Blossoms*) 一詩，完全是讚美其燦爛的顏色，根據詩中所寫和譯者所註，此花大約似我國之木棉花，開出火一般殷紅的花朵，作者為讚美葛爾慕火花之殷紅，引出了許多鮮明的印象，這些是令人難以忘懷的美麗的事物。以這許多屬於紅色的印象，烘托出了葛爾慕火花之嬌豔，而無形之中暗示了意義。

9. 仁奇蘭仙島

（給仁奇蘭女主娜士麗蘭飛霞殿下）

我願居住在你的仙國，

哦，花域的仙后，

花域的生活滑行到微妙的程度

有遙遠時代的光輝與淳厚。

我願居住，和你的野鴿群一同逍遙，
你的棕櫚樹放芽，海風響鳴……
給有韻律的水聲撫慰著，
在你的福佑之島是終年長春。

但我仍須走開，向那在招呼的喧譁世界，
命定急鼓的呼聲縈縈，
遠遠地離開你的圓形屋頂的光煥睡眠，
遠遠地離開你的海堡城牆的夢。

進入那群眾囂纏的鬥爭，
甜蜜「仁愛」的戰爭攻擊那愚昧與邪惡；
那裡勇敢的心持著戰鬥的劍，
我的心則持著詩歌之旗纛。

信仰的安慰給與顫動的唇，
希望的援助給與失敗的手，
歡樂的消息到來，當真理即戰勝
當和平即凱旋，而仁愛得進行。

譯者註： 仁奇蘭 "Janjira" 為印度洋上一小島，離孟買不遠。

　　《仁奇蘭仙島》(*The Fairy Isle of Janjira*) 一段三句以極新鮮的寫法，寫出了島上的可愛，寫出了古代的風情，令人憧憬，令人嚮往，因此，作者乃有居住之願，同野鴿一起逍

遙。此詩和英國人夏芝 (W. B. Yeats) 的《茵理絲湖島》有同
一情調。不過奈都夫人為入世者,她固戀棧仁奇蘭仙島的景
色,而她掛心於印度的革命。所以,她仍然要離開仙島,走
向招呼她的喧譁的世界。前兩段寫景的筆法,值得學習。

10.抗命歌

> 為什麼用枉然的衝突來煩擾我?
> 哦,愚蠢的命運,你憑什麼要和我爭勝?
> 你尖刻的嫉妒豈能把我粉碎?
> 你詭譎的毒恨豈能把我屠宰?
> 你儘管用你苛刻的愚行來追逐
> 我不會伸出懇求的手向你哀哭。
>
> 或者你將在苦味的怨恨中破裂
> 我奮勇眼睛的燦爛帝國……
> 說,你能搶去我親愛的記憶之領土嗎?
> 在日光的山和星座的天之上。
> 在我持久寶庫中我保有
> 他們無盡的黃金的光輝不朽。
>
> 你可以霸佔我聽覺的疆域,
> 但我無損的靈魂豈肯停止諦聽?
> 那花谷的婚禮之笑語,
> 那過去年代的美麗歌韻,
> 戰爭暴風雨和無敵之海的

鏗鏘詩篇和洶湧的樂聲。

是的，你可把我嘴巴打成抽搐的靜默，
從我唇上摘去發音的能力……
但，我的心豈能減少她熟悉的語言，
當大地能給她遊翔之鳥以巢穴？
我激憤的心豈能忘卻歌唱
用春的一萬種聲響？

是的，你可以用突擊的苦楚來征服我的血，
用逼迫的痛苦枷鎖我雙膝……
你將怎樣挫折我自由遠遊的幻想，
他騎在雨的翼上？
你將怎樣繫縛我得勝的心意，
他是風的匹敵和無畏的伴侶？

雖你否認我存在的希望，
洩漏我的愛，毀滅我最甜蜜的夢，
我仍要消解我個人的悲哀
在大眾歡快的深泉之中……
哦，命運，你徒然企圖來制勝
我脆弱的但又沉著不屈的靈魂。

《抗命歌》(A Challenge to Fate) 一詩，被稱為奈都夫人的代表作。在這詩裡，她表現了她戰鬥的人生觀，她不向命

運低頭。她以奇妙的比喻來寫命運的殘酷，也用奇妙的比喻表現了她不屈不撓的抵抗，幾乎每一個句子都是抵抗命運的有力的語言；其節奏的響亮，有如鋼鐵撞擊的聲響。作者將這抽象的題材，以形象的方法，予以具體化。給讀者從印象裡，去獲得一個人生深刻的啟示。

11.再　見

> 輕蝶們的光亮的雨陣，
> 嗡嗡地蜜蜂們的柔雲，
> 哦，樹葉的歎息之清響，
> 飄蕩在微風之上！
>
> 野鳥們展開了興奮的翼，
> 去尋覓一個異邦的天，
> 詩之春的甜蜜伴侶，
> 我的小歌再見！（榴麗譯）

　　《再見》(Farewell) 是一首玲瓏透徹的抒情小詩，每一個句子都很美，一段頭兩句極妙，以雨陣寫輕蝶，以柔雲寫蜜蜂，言其多也。二段，野鳥展開興奮的翼之「興奮」二字極佳，因去尋覓一個異邦的天而興奮。「我的小歌再見」，亦極富有情味。

12.印度的貢獻

　　有什麼你需要的客不肯給，

衣飾的厚贈抑或黃金還是穀粒？
看啊！我曾將無價之珍寶裂自我胸膛，
擲向東方與西方，
把我衰老胎房所養育的子孫，
貢獻於職務的鼓聲和命定的利刃。

聚集似珍珠，在異域的墳墓，
靜默地他們睡臥在波斯灣頭，
散布似貝殼在埃及的沙漠，
他們暴露著灰白的頭顱與勇武的斷臂，
他們偶然地似花草般被刈倒
鋪疊在佛蘭陀與法蘭西的血染的草地。

你能否衡量那眼淚的悲哀我所迸流？
能否估計那守望的辛勞我所保有？
你能否使「得意」轉動我絕望的心？
「希望」安慰那祈禱的苦情？
你能否使我看見勝利的破損之紅旗
映出憂傷的燦爛之遠景？

當憎恨之恐怖與騷擾會停頓
生活再形成於和平的石砧，
於是你的仁愛將呈獻紀念的謝意
給與那些伙伴，他們戰鬥於你無畏的行伍裡，
於是你崇敬那不朽的功業，

不忘我殉身的子孫之鮮血!

譯者註: 此詩寫於一九一五年,則為印人參加第一次世界大戰而作也。佛蘭陀 "Flanders" 為比利時地名。

《印度的貢獻》(*The Gift of India*) 是寫第一次世界大戰,印度對世界的貢獻,這是帶有政治性的詩,政治詩極易流於枯燥;而在奈都夫人筆下寫出,則頗有潤濕之意味。其寫印度貢獻一切,非常具體。其寫印度健兒參加大戰的犧牲,能給讀者深刻印象,因其所寫均具形象之故。其所寫詩人懇切之希望,尤能感動讀者。

13.夏　林

哦,我倦於油漆的屋頂和軟絲的地板,
渴望著風吹的緋紅葛爾慕火的華蓋。

哦,我倦於歌唱和鬥爭,佳節與榮名,
願飛向那金桂怒放成火燄的樹林。

愛啊,遠離開人們的讚美和祈禱,困倦與勞作,
跟我來到那可愛兒歡唱的花木與幽谷。

哦,讓我們把掛慮拋去,獨自躺著出神,
在羅望子,摩薩里及尼姆樹的纏繞的虯枝之蔭!

茉莉花枝盤繞在我們的額上,吹奏著雕花的笛,
喚醒榕樹根中的蛇王們的睡色。

在黃昏的時候遨遊於河濱，
沐浴在蓮花池中，那裡金豹們啜飲！

愛啊，你和我同在花開的深林
沉浸在愛之聲的靜默與閃光的幽境。

燦爛晨曦的遊伴，夜的愉快情侶，
像克里史那，像蘿迭卡，環抱在歡快裡。（榴麗譯）

譯者註： 蘿迭卡 "Rodhika" 即牛乳姑娘拉達 "Radha"，印度史詩
《摩訶婆羅多》中英雄克里史那之情人。摩薩里
"Molsari" 花名，開小白花甚香，似茉莉。

《夏林》(*Summer Woods*) 前三段表現了倦於城市嚮往自
然的情懷，每一個句子都很美，美而不膩。每一段的第二句，
都表現了夏林可羨的景色。從第四段起，寫出了詩人的本色，
拋棄掛慮，「獨自躺著出神」在虯枝之蔭。詩人愛動物，要吹
著雕花的笛，要與蛇王們為伍，在河濱看「金豹們啜飲」。讀
者亦將由於詩中的景色，頓生嚮往南方夏林之情。

14.假使你叫我

假使你叫我，我將立即到來，
　哦，我愛，
我將迅疾於森林的駿鹿，
　或者驚悸的鳩鴿，
迅疾於眼鏡蛇的飛行

甘為吹笛人的鹵獲……
假使你叫我，我立即到來，
　無畏於任何災難。

假使你叫我，我將立即到來，
　迅疾於你所期待，
迅疾於電閃的神足
　飛馳著火羽的鞋。
生命的暗潮將衝激乎其間，
　或者死亡的深坑要裂開……
假使你叫我，我立即到來，
　無畏於任何徵兆。

　《假使你叫我》(If You Call Me)，這首詩的內容極美。
其內容本極平凡，因其表現出奇，而加重了內容的意味；在
這裡可以看出高明的技術，可以使內容生色。這首詩的本意，
不過是說：「假使你叫我，我將立即到來。」如果，只是這樣，
就成了簡單的直截了當的說明，而不是詩藝術的表現。而奈
都夫人以幾種比喻表現出其來之迅速，其來之決心。迅速如
「駿鹿」，如「驚悸的鳩鴿」，如「眼鏡蛇的飛行」，如「電閃
的神足」。不僅如此，而且不懼「鹵獲」和「死亡」的災難。
這是因為什麼？因為愛。而作者把它表示在詩中，讓讀者自
己去體味。

15.愛的願望

哦，我但願能釀我的靈魂成酒
　用以使你壯健，
哦，我但願能用我的歌曲
　把你彫成自由之劍！

注入你難免死亡的肉體
　以永生的呼吸，
得意的贏得生命
　而腳踏死神。

還有什麼高度的犧牲
　我未曾實行？
希望我的真愛能使你
　變為上帝。

　　《愛的願望》(The Desire of Love) 一詩是寫願犧牲自己，
完成愛情的偉大，這是愛情的高貴情操。這些願望多感人，
這也就是東方人的偉大精神。這三段詩，表現了無以言宣的
真實的愛。手法高明，非大詩人不能寫出。

16.愛的視野

哦，愛啊！我愚蠢的心與眼
　除你以外一切都不知，

到處——不論刮風的天，
不論著花的地——我總看見
你面貌的多變風韻，
你優雅的無窮象徵。

在我狂喜的眼中你是
至上與極美的真實，
晨星之光輝，
大海之權威與音波，
春之奇妙芳香，
一切時間收穫的豐果。

哦，愛啊！我愚蠢的靈魂與知覺
除你以外一切都不見，
你是我營養的神聖源泉，
從那裡，生生世世，刻刻時時，
我的精神總飲喝
悲哀與慰藉，希望與權力。

哦，鋒利的劍，哦，無價之王冠，
哦，我禍福所繫的神廟，
一切痛楚形成於你的慮顰，
一切歡樂集中在你的接吻，
你是我呼吸的內容，
也是死亡的神秘苦痛。

《愛的視野》(*The Vision of Love*)，一切都集中於愛，無論「心與眼」，無論「靈魂與知覺」，所鍾情的對象一切都是優美的。「風韻」，「優雅」，使愛者刻骨鏤心，念念不忘。因為其所愛的就是「呼吸的內容」，是「極美的真實」，是「營養的神聖的源泉」，這境界多高。奈都夫人的情詩，極為出色，這些詩，在西洋詩中，亦難發現。

17.愛的緘默

自從我獻給你
我整個肉的歡樂與靈的至寶，
你生命的負債於我可謂極大，
難道我的愛情必須轉向吝嗇之道，
要用暗示或明言來懇求
一個報答的禮物自你勉強的手？

你將給我什麼……你的所給或是任何所有！
但，雖說你是呼吸著，因此我亦生存，
而我所有的日子只是思念與渴望未遂的
葬禮的毀滅之積薪，
我怎忍心使我的愛情用憂傷的記憶與憾恨
來乞求你或包圍你的心？

我切望傾吐的熱烈言詞還是抑歛，
即使我重斃，我怎能從你滿水的河邊
獲得一些復活的水分？

從你光輝的歲月，尋覓一個獨佔的鐘點？

只是為了愛神之故，命定著我

擔負一個熱情的緘默與絕望的重荷。

《愛的緘默》(*The Silence of Love*) 一詩，每一個句子都含著深刻的意味，這是真實的愛情體驗的結果，是極富含蓄的一首詩。「而我所有的日子只是思念與渴望未遂的葬禮的毀滅之積薪」，語調悲切沉痛。「我怎忍心使我的愛情用憂傷的記憶與憾恨來乞求你或包圍你的心？」暗示了無窮的幽怨。這些幽怨與沉痛，不必說出，使愛者煩擾，只希望「從你光輝的歲月，尋覓一個獨佔的鐘點」這一句表現得多美妙，「獨佔」二字，就打中了讀者的心坎。表現了即使是那一瞬間的安慰，都能慰之於永生。奈都夫人卓絕的藝術手法，令人歎為觀止。

18.愛的崇拜

捏癟我，哦，愛，在你光煥的手指間，

　像一片脆弱的檸檬葉或羅勒花。

直到為你而生存或延命的我化為零，

　只剩記憶的芳香之幽靈，

讓每一次吹拂的晚風

因我的死而變得格外清芬！

焚化我，哦，愛，像在熾熱的香爐中的

　檀香之美質為虔敬而毀滅，

讓我的靈魂銷毀為烏有，

只留一股深表我崇拜的濃烈香氣，
於是每朝晨星會保持這氣息
因我的死而讚美你！

《愛的崇拜》(*The Worship of Love*) 這首詩，是奈都夫人情詩中的代表作，她這種犧牲自己，成全他人的愛的哲學，是印度哲學的神髓。正如譯者糜文開所說：「印度利他主義的犧牲哲學，自釋迦以來直到聖雄甘地，有一個一貫線索的極則，那便是甘地自傳的最後一句，『把自己化為零』，惟其把自己化為零，禁絕了一切的私慾，才能本大慈大悲之心，以大無畏精神，來超度眾生，在甘地名之曰『化為零』，在釋迦則名之曰『涅槃』，奈都夫人的戀愛哲學，亦復如是。……」「愛的崇拜」就是把自己化為零的思想的表現。意思是說：我的死對於你有益，死得很甘願。奈都夫人把這種抽象的思想，表現於詩，予以具體的形象。她願像一片脆弱的葉或花，讓愛者捏痛，或生存或化為零均可，只剩下清芬的芳香，供愛者領受。或像檀香木因焚燒而毀滅，只剩下濃烈的香氣，來表示對愛者的崇拜和讚美，這內容是純粹的詩的本質。因此，單有思想並不是詩，而是要把思想賦予形象的表現，成為藝術的語言，才是詩。《愛的崇拜》就是一個最好的例證。

（本文作者：覃子豪）

六、印語作家普雷姜德

　　普雷姜德是印度二十世紀的一位大小說家，他是用興地文 (Hindi) 和烏都文 (Urdu) 寫短篇小說的主要開拓者。孟加拉語文學因泰戈爾的作品而豐富，作為印度國語的興地文，得普雷姜德的作品而生長出血肉來。有如莎士比亞之於英文，他的作品，成為學習興地文的必修讀本。他是一位革命的戰士，他是甘地主義的信奉者，他提倡民族主義，同時主張社會主義。他用客觀的寫實，反映了印人爭取獨立的堅決意志，反映了印度農村的實際生活，從他的作品中，我們可以具體地認識印度的社會情形。他有精密的觀察，他有深刻的描寫，加以雅俗共賞的高超技巧，卓然為一代大文豪。只因他不用英文寫作，英國人又不願介紹他的作品，所以在印度以外，未享大名。直到他死後十年，才在孟買有一本他的短篇集英譯本出版，此後，始有蘇聯文的翻譯。

　　孟雪普雷姜德 (Munshi Premchand) 一八八〇年生於離班那勒斯 (Benares) 五哩之潘臺坡 (Pandepur)，他的父親是郵政局裡的一個月薪只有二十盧比的小職員。當孟雪十五歲，還是學校裡的學生時，他的父親依照當時習俗，便給他娶了一位媳婦，一年以後，他的父親在貧乏的困境中死了，所以他不得不中途輟學，教授一兩個學生得一些錢來補充家用。由於他好學心切，在極端的艱窘中，他仍孜孜向學，用功自修。

在這種經濟艱困的環境中，人家都替他擔憂，而他卻不減其樂。有一次，在給他朋友的信中，他寫道：「我很高興，我因造化和命運的幫助已把我安置於貧窮的一方面，這給了我精神上的安慰。」

可是，有一天好運來了，他得到一個教員的位置，月薪十八盧比。因為勤勞盡職的結果，他漸被擢升為副校長。此後，他擔任戈羅坡 (Gorakhpur) 的師範學校的教師。於不合作運動開始時，響應甘地的號召，他辭去師範學校的職務，參加鬥爭，並加緊努力他的文學工作。他曾自述當時的情形說：「一九二○年，聖雄甘地到戈羅坡來，我見到了他，便感覺到我自己簡直像死人復活了。」

當然，普雷姜德的文學工作，不自一九二○年始，他的寫作生活開始於一九○二年，那時他用烏都文寫了幾個短篇和一兩部長篇小說，一九○七年，出版他的第一本短篇集，書名為 *Sozi-Watan*，此書引起當時權威者不滿的批評，可是那時的烏都文作家們都稱他在文壇上是一位極有前途的作家。此後到他逝世時為止，他寫了許多作品，長篇小說大概有一打之數，劇本有兩部，短篇小說在三百篇左右；同時，他譯了幾篇托爾斯泰的小說和高爾斯華綏的劇本。不過，那時他採用的文字，從烏都改變成了興地。

他同情被壓迫者，他同情貧苦的農民；他描繪甘地領導下的印度民族革命運動，他發掘印度社會的病根。他的文筆琅琅上口，既通俗淺顯而又深刻生動，以致人人愛讀，連不識字的文盲也聽得懂，所以他的作品，風行全印，使他至今成為興地文短篇小說唯一的權威作家。他的奠定興地文在印

度文學史上的崇高地位，比泰戈爾的奠定孟加拉文文學地位，
只稍後幾年的時間。

　　普雷姜德長於用犀利的眼去暴露黑暗，提出問題，同時
也宣揚光明，令人嚮往。他的作品是甘地時代的印度社會之
鏡，在這面鏡子中，我們看見了印度的國魂。而且，他的成
功，更超過了鏡子的作用，他已把握了人類理想的共同目標。
《施牛典禮》(*Godan*) 和《業根》(*Karmabhumi*) 是他長篇小
說中最著名的傑作。

　　他於一九三六年十月逝世，享年五十六歲。（本文作者：
糜榴麗）

七、普雷姜德的小說
《自由之路》

1.

　　金古爾看著他的甘蔗田沉醉了，三印畝（每印畝約合二華畝）的田，沒有問題，他可拿到六百盧比的代價，如果上帝使秤頭貴一點，這樣，他就也不再有什麼要求了，兩隻公牛老了，這次一定要到白載沙爾去買新的一雙回來，他或者可以寫張文書，多種兩印畝的地，所需的錢也不用憂愁了，放債人現在已對他不鄙視了，在村裡沒有一個人沒有和他吵過架，他竟以為沒有人可以數在他前面。

　　一天黃昏，他抱著他的兒子在田中採摘一莢莢的豌豆，他看見一群綿羊向他走來，他想：這裡沒有羊可以走的路啊！要羊在田埂上走過可能嗎？為何要領羊到這邊來呢？牠們可能踐踏或吃壞莊稼，這時誰來賠償損失呢？看來牧羊人是菩度，這瘋三倒很自大，他竟趕著羊打從田中走來，看他的老臉皮，他看見我在這裡卻不把羊趕回去，他從沒給我好處，我為何要另眼相看？如果我要買隻羊他就要五個盧比，全世界毯子只要四個盧比，他卻不肯比五盧比少一文。

　　這時，羊已到田邊了，金古爾盛氣地說：「喂，你把羊趕向那兒去？是瞎了眼睛，瞎了眼睛嗎？」

菩度謙遜地說：「先生，羊在田埂上走的，我繞路走要多走二哩呢。」

「你要少走二哩路，我的田就應該被踐踏了？你領羊田埂上走嗎？為何不在旁人的田埂上走？你以為我是賤民嗎？你為你的富有也太自大了，快，叫羊回身走！」

「先生，今天讓我們過去吧，下次你再看見我到這裡來，隨便你處置得了。」

「你聽到了嗎？把牠們趕回去，如果一隻羊踏上我的田埂，聽好，你就會覺得自己不安全了。」

「先生，如果你田裡的一根草被羊踏著，那我坐下來預備你罵我一百次。」

菩度雖嘴裡非常謙遜，但心裡覺得他一定要叫他把羊趕走是大大的侮辱，他想著：這樣一些的原因，我就要把羊趕回去，那我怎能去放羊呢？要是我今朝回轉去，那我明天趕羊的路也沒有了，人人都能不許我走了。

菩度也是有點力量的人，他有二百四十多隻羊，二十隻羊在田裡宿一夜就可拿到八個安那（合半盧比）的代價，他還能賣羊奶呢，而且還織毛毯呢！他又想，他發脾氣了，他能對我做什麼呢？我又不欠他債。

綿羊看見了綠葉就想要吃，便走進田裡去了。菩度拿著棍子把牠們趕出田來，但是不識相的羊們卻這邊也進去，那邊也進去。

金古爾冒火地說：「你是否對我表揚你的不在乎？我就要驅除你的不在乎！」

菩度回答道：「牠們看見你害怕，請你走開點，我可以把

牠們都趕出來的。」

　　金古爾放下他的兒子，拿著手杖走到羊群中去，洗衣人也不會打他的驢子打得這樣兇狠，有的羊足打折了，有的羊腰打傷了，所有的羊都咩咩地叫著。菩度默然地立在那兒眼看羊群的毀壞，不趕羊也不對金古爾說話，只站著看一幕事件。只兩分鐘，金古爾用了非人的力量把隊伍驅散，把羊群趕散了，金古爾勝利地說：「現在一直走，將來不用到這邊來。」

　　菩度看看傷了的羊兒說：「金古爾，你的確不會做出好事來的，你要懊悔的。」

2.

　　對一個農夫作惡，比把香蕉砍下來還要容易一點，他全部產業不是在田裡就是在打穀場上，收成經過了許多天災獸禍才能搬進屋子裡，如果再加上人的搗亂，那農夫就不知在那裡了。金古爾回到家裡，對眾人講述這場口角，大家都勸他說：「金古爾，你大錯特錯了，你怎的變成這樣子愚蠢，你難道不知道菩度是個多麼愛吵架的人？但現在還來得及挽救，趕快去向他道歉吧，不然，全村就要跟你一起遭殃了。」

　　金古爾聽懂了，他悔恨：我為什麼要阻止他呢？就是羊多少吃一點我的東西，我也不至於破產呵！真的，我們農夫能謙遜一點是對自己好的，我們昂著頭走路，就是上帝也不喜歡的，他心裡卻不想到菩度家裡去，但是眾人迫著他也只好走了。

　　是阿拿漢月，霧在下降，夜幕蓋上了一切生物。他剛走到村外，看見了火焰抬頭一望，他驚奇地看見自己甘蔗田那

面一片紅光，他的心勃勃地跳。火燒著了田，他拚命的奔，心裡思念著，不要在我田裡，不要在我田裡，他奔走近了他的田，希望的泡影就消失了，他正要設法來避開的災殃早已來了，該殺的放火人，燒了我的以後，會連全村的也被燬的。

跑著跑著，他覺得今天田離村很近，中間的荒地都不見了。他跑到田邊了，只見火轟轟地燒著，金古爾大聲的叫喊起來，村裡的人都跑來了，大家拔出莒箕來撲打著火，跟著是一幕可怕的人火戰，整個時辰的響著，騷動著，看看這面要勝利了，對面卻又形勢兇猛起來。

火，死而復生，更生時就有兩倍力量，瘋狂地燃燒著，侵害著，在人的方面，最勇敢的戰士是菩度，菩度把托底繫到腰裡，把生命放在手掌中，他跳進火裡，撲滅著火頭沒有損傷的又走了出來。

最後人是勝利了，可是，是一個「失敗」也要笑的勝利，全村的甘蔗都燒光了，人們的希望也就跟著甘蔗一起都燒光。

3.

誰放的火，是人人都知道的秘密，但是沒有人敢說出來，沒有證據，沒有證據的猜想是有用的嗎？現在金古爾要走出大門便難堪了，隨便他走到那裡，都要聽到人家的冷罵聲，他們公然地對他說：「是你惹出來的火，你敗壞了我們，只為了不願腳踏實地的驕傲。你不但毀了自己，而且把我們也累了，你不和菩度吵嘴，就能看得到今天的日子嗎？」

金古爾不太為了田地的毀壞而難過，只覺得這種冷言冷語太難受了，他整天地坐在家中，普斯月來了，往年是搾甘

蔗機整夜轉動著，赤沙糖的香氣四散，大鍋子燒著，人們圍
住大鍋坐著抽煙，如今夜闌人靜，黃昏時人們就怕冷關上了
門，躺在床上咒罵金古爾。瑪格月是更艱難了，甘蔗不但給
錢子農民，並給農民以生命，農民靠甘蔗過冬，他們喝熱蔗
湯，他們燒甘蔗葉烘火，蔗頭他們又能拿來做飼料。從前在
鍋灰中睡覺的狗現在都凍死了，有些也因缺乏飼料而死去，
一陣的寒冷，全村就咳嗽傷風了，而這一切的災難全是為了
金古爾——不幸的，可殺的金古爾！

　　金古爾心裡默然決定，我要使菩度的景況變到和我一樣，
他毀壞了我，而他卻吹著快樂之口哨，我一定要報仇！

　　自從發生這一切禍種——那次的口角——那天起，菩度
就不到這邊來了，金古爾卻向他表示友愛，好像對他說，他
一點也不疑惑他。一天，他假裝著去買毛毯走進他家裡，再
一次又是去買羊奶，菩度客氣地，恭敬地招待他。一個人可
以讓他的敵人抽土煙管，而菩度卻要他喝羊奶，或菓子汁，
不喝不讓他走。金古爾現在在一家麻廠裡工作，幾天拿一次
工錢，有菩度對他的好意他才能一天天生活下去。

　　金古爾現在與菩度是好朋友了，一天，菩度問他：「金古
爾，你說說看，你如果得到了燒你甘蔗的人，便將怎樣對付
他？」

　　金古爾一本正經地說：「我將對他說，兄弟，你做的很好，
你消除了我的驕傲，使我真的成人了。」

　　「如果我，」菩度卻說：「那我一定非燒他的屋子不休。」

　　「一剎那火的生命，我們對人仇視有什麼好處？我已被
敗壞了，我再去敗壞人家，我可得還來什麼？」

「這正是人的道德，但是兄弟，當一個人憤怒的時候，心就變成顛倒了。」

4.

拜恭月了，農夫耕了田預備插甘蔗種。菩度的行業盛旺，許多人都要他的羊，常有三、四人在他門前對他恭維，於是菩度對誰也不客氣了，他要求雙倍的價錢來讓羊在田中過夜。如果有人抗議，他就粗魯地說：「兄弟，我又不把羊掛在你頸上，你不要就田裡不用放羊好了，我說的不能減，不，就是一文錢也不能減少。」人們需要，因此人們圍繞他，像僧侶的圍繞著布施者。

蘭克喜彌（幸運女神）好像是不大的，但是靠著時間，有時變長，有時變短，有時她最大的影子也不過在紙上的幾個字啊，當她坐在人的唇上，那她的影子就完全消失了。但是她卻需要龐大的地方居住，她來了，屋就增大了，她是不住小屋的。菩度的屋也增大起來，在前面又要起走廊，兩間房變做六間，這等於建造新屋了。他向有些農夫要木材，向有些人拿牛糞餅來燒磚瓦，向有些人拿竹子，而更向有些人拿蘆葦，他只付了牆壁的錢，而那也不是現洋而是用小羊來付的，這是蘭克喜彌的光榮，工作完全不用錢的完成了，不用錢一幢很好的屋子造起了，於是他就預備了進屋儀式。

在相同的時間，金古爾卻整天做工，而只得到可以半饑半飽的工錢，菩度家裡簡直落著黃金。但是金古爾做了什麼壞事呢？金古爾更是怒火焚燒了，有誰能忍受得住這種不公平？

　　一天，金古爾走到皮匠的區域，他喊了一聲赫里黑爾，赫里黑爾走出來說道：「羅牟！羅牟（Ram，上帝）！裝了土煙管，兩人就抽煙了，赫里黑爾——皮匠的領袖——是個狡猾的人，農夫們因他而戰慄，金古爾說：「現在聽不見春歌了，我們好久沒有聽到了。」

　　「怎麼會有春歌呢？不能從肚皮的工作放假啊！你，這兩天怎樣過日子？」

　　「不用說了，」金古爾回答：「被割掉鼻子的人，還有什麼好日子！我整天在工廠裡做工，才能生起炊火來，菩度現在發財了，安置財富的地方也沒有了，只好造新房子了，又買了羊，還預備做進屋儀式，檳榔送了七個村莊。」

　　「兄弟，當蘭克喜彌來，那人的眼睛裡就表現出自謙來。但是你看他，走路腳也不著地了，說起話來也口輕飄飄的，而且多少兇橫！」

　　「他還不應兇橫？這地區誰比得上他？可是朋友，我們能忍受這種不公平嗎？上帝給了人，那人就應該低頭接受，他這樣嗎？不，一個人也不以為是他的同等，我聽到他的大言，我就全身冒火。昨天的光棍，今天的殷富。對我們也擺架子！就在前幾時只是腰裡繫塊布在田裡趕烏鴉的，今天他的燈掛到天上了。」

　　「你說吧，我替你想個法子。」

　　「你可做什麼呢？他就因怕你，一隻牛也不養。」

　　「他沒有羊嗎？」

　　「你殺了鳥只有毛在手中啊。」

　　「你想想法子看。」

「想一個法子，叫他不能捲土重來。」

之後，他們就用耳語談話了。

這是一個神秘，為什麼人們恨好事情而愛壞事情，學者見了學者，修道人見了修道人，詩人見了詩人，就生出妒火來，大家不願見大家的面。一個賭徒見了另一個賭徒，酒鬼見了酒鬼，小偷見了小偷，就互相同情，互相幫助。一個學者碰到了什麼跌倒在黑暗中，跟在他後面的學者，非但不扶他起來，反而再推他兩推，使他索性爬不起來。但是一個小偷遭難了，另一個小偷就來幫他了。一切人憎恨壞東西，所以壞人就更互相愛護了。全世界讚美好東西，所以好人更互相嫉視了。一個賊打另一個賊能得什麼？仇恨啊！一個學者打敗了另一個學者能得什麼？名譽啊！

金古爾和赫里黑爾決定了什麼，他們想出了陰謀的法子，並且決定了方式及時間。金古爾走了，走得得意洋洋的。敵人已在網中，他能逃到那裡去了？

5.

另一天，金古爾去上工以前，他先到菩度的屋裡去，菩度問他：「什麼事啊！今天為什麼不去上工了？」

「我是去的。」金古爾隨口回答，「我來替你講這個，你為什麼不肯把我的小母牛放在你羊群中吃草？可憐的東西，繫著無人管快要死了。沒有草也沒有飼料怎能活命？」

「兄弟啊，」菩度：「我是不養牛與水牛的。你是曉得的，皮匠是天下無比的殺牛者，那個赫里黑爾不知給牠們吃了什麼，弄死了我兩隻牛，從那時起，我自己打著我的耳光說，

我再也不養牛了。但你只有一隻小牛，沒甚關係，你什麼時候有空把牠送來吧。」

菩度說完，就領了金古爾去看他進屋禮用的東西，有淨酪、白糖、白粉、和各種蔬菜。只有講薩德野納拉音(Satyanarain) 故事的佈置還未妥當。金古爾的眼睛睜得大大的；這種佈置，他從沒有做過，也從沒有看見人做過。放工回家，在他做任何事以前，他把自己的小母牛送到菩度的屋裡，當夜，他在菩度家裡諦聽薩德野納拉音的故事。在那裡，也舉行供養婆羅門人的禮節，菩度整夜在接待婆羅門，沒有工夫去看羊群了。早晨他吃了東西剛站起來（因為晚上的東西到早晨他才有時間去吃），一個人進來報告道：「菩度，你安心坐在這兒，那邊羊群中的小母牛已死了，好人兒啊，你繫繩子也沒有解啊！」

菩度：「上帝知道，我連繩子也沒有見過，黃昏以後，我連羊也沒有去看啊！」

「你未去，繩子是誰繫的？你去過的吧！是忘記了吧？」金古爾反問他。

一個婆羅門插嘴說：「是不是死在羊群中的？世界就會這樣說：『牠是因菩度的不當心而死的，』不管繩子是誰繫的啊！」

赫里黑爾也加進來說：「我昨天黃昏看見他在羊群中繫小母牛的。」

「我！」菩度驚異地叫道。

「你不是把棍子靠在肩上繫著小牛的？」赫里黑爾說。

「你真是說實話的人，」菩度忿怒地回答：「你看見我繫小牛的？」

赫里黑爾:「兄弟,為什麼對我發脾氣呢?我又沒有繫牠。」

眾婆羅門議論著:「我們一定要做一個決定。殺母牛要行贖罪禮的,不是兒戲啊!」

「大先生們,」金古爾說:「他沒有故意繫住牛啊!」

「這有什麼相干?」一個婆羅門回答:「牛死了就有殺牛罪,沒有人是故意殺死母牛的。」

「是的,」金古爾說:「繫牛放牛是危險的事情。」

「經典上說這是大罪惡,殺牛與殺婆羅門是一樣大的罪惡。」

「是的,這真正是母牛,因此牠受尊敬,對母親一樣的尊敬。但是,先生,事情已經做錯了,做一點事情使牠可以有一些兒安慰。」

菩度站著聽他們七嘴八舌,很容易的他們把殺牛罪加在他的頭上了。他也明白了金古爾的狡猾,如果他說十萬遍他沒有把小牛繫住,有誰會相信他?人家要說他是為了避免贖罪禮而這樣說的。

他舉行贖罪禮,婆羅門人也就有利可圖。這種幸運,他們自然不肯放過的。結果他們指定菩度是殺牛者,婆羅門對他很不滿意,這時就有對他出氣的機會了。他們罰他討飯三個月,然後到七個聖地去朝聖,他們罰他供給五百婆羅門的飲食,還要送他們五隻母牛。

菩度聽了,知道自己破產了,禁不住哭泣,他們就寬恕他,改做兩個月,除此以外,他們不給他任何減少,他的苦苦央告一點也無用。可憐的菩度,他只好接受處罰了。

6.

　　菩度只好把他的羊告託給上帝，孩子還小，妻子一個人
有什麼辦法。他走著立在人家門口，回轉了頭說：「牛把我從
家裡趕了出來。」布施是有的，但得到布施時也要聽人家的辱
罵。白天得到的東西，晚上就在樹下燒了吃，也就在那兒睡
覺。這種生活，他是受得住的，他整天趕著羊奔走過來的，
樹下也是睡過的，家裡的飯食也好不了多少。但是他卻覺得
深切的慚愧，特別是有時兇惡的女人對他叫喊：「你想出了多
好的吃飯法子啊!」這時他更難受了，但有什麼辦法呢?

　　好不容易兩個月過了，他回到家裡，頭髮長得長長的，
衰弱到像六十歲的老翁。他必須得到朝聖的錢，那一個放債
人願借錢給牧羊人? 羊是不可靠，有時害病，一夜功夫，會
全體完蛋的。還有是謙德月，從羊身上求錢，一點希望也沒
有。有一個製油人是願意借的，可是他一個盧比每月要兩個
安那的利息，八個月利息就等於原來數目了，他就不敢借這
種債。

　　這邊兩個月內多少羊被偷了。孩子們放羊，同村的人默
默地有時一隻，有時兩隻的下手，偷偷地藏在田裡屋裡，然
後殺了做菜吃。可憐的孩子們，第一是看不見偷羊人，第二
是看見了也不能打架，全村變為一致，一個月內剩下一半羊
也不到了，真是頭痛的事。

　　想不出法子，菩度就叫了一個屠夫來，把所有的羊交給
他，拿到了五百盧比。他拿了兩百盧比去朝聖，餘下三百放
在家裡預備供養婆羅門及其他用處。

菩度走了，兩三次賊來掘牆，幸虧家裡人醒來，總算錢沒有被偷去。

7.

是莎溫月，一望都是綠色的，金古爾沒有牛，把田租給了人家，菩度的贖罪禮也完成了。魔爺 (Maya) 的結也解開了。金古爾空空如也，菩度也空空如也。他們現在還有什麼理由互相仇視？

蔴廠倒閉，所以金古爾現在做著掘基地的工作。在城裡，建築著高大的慈善旅舍，有上千的工人來工作，金古爾是其中一個。每隔七天拿了工錢回家一夜，早晨再回去工作。

菩度尋求工作來到那邊，見到了監工。他身體太弱，不能作苦工，就叫他擔任拿水泥給工匠的人。菩度拿了鐵片，放在頭上，走去拿水泥，就看見金古爾在那兒，大家就招呼一聲，金古爾替他把水泥裝滿，菩度就拿起來走。一整天，各人默默地做著自己的事。

黃昏，金古爾問菩度：「你預備燒飯嗎？」

「不燒吃什麼呢？」菩度回答。

「我從前用乾糧度日，」金古爾暗淡地說：「現在我只吃菩糌過日子了。有誰替你煮飯？」

「這裡四周有好些木頭，請收集一點來吧，」菩度說，

「我從家帶來了一些粗粉，是我自己家裡磨的。這裡東西真貴，這裡一塊石頭我來做餅，我燒餅你不肯吃的，所以你來燒，我來做。」

「鐵片沒有嗎？」

「我這裡有很多鐵片，我們拿水泥的不好借來一用嗎？」

生了火，金古爾燒的餅有的一邊燒熟了，一邊卻還是生的。菩度提來了水，兩人就把餅向和了紅椒及鹽的粉中蘸著吃。裝滿了土煙管，兩人靠著石頭睡覺，一面抽著煙。

「你的蔗田是我放的火。」菩度突然說。

金古爾說：「我知道的，」過了一會兒又說：「是我把小母牛繫起來，赫里黑爾又給牠吃了點什麼。」

菩度也笑著說：「我明白的。」

兩人就一同睡著了。（本文譯者：糜榴麗）

八、吠陀經與奧義書

　　印度最早的文獻是吠陀經，其地位相當於我國的《詩經》。
但比《詩經》年代更早上了幾百年，約產生於公元前一千五
百年至公元前一千年之間，吠陀經大多是對自然界神祇的讚
歌及禱詞。後因祭祀上的應用而分編為《梨俱吠陀》、《沙摩
吠陀》、《夜柔吠陀》、《阿達婆吠陀》四部，合稱四吠陀，而
以一千零一十七篇的《梨俱吠陀》為其代表。誦讀吠陀經，
我們可欣賞印度民族最早的詩歌，也藉以認識古印度初期文
化發展的情形。

　　自四吠陀編成以後，印度進入婆羅門教時期，發展出印
度獨特的民族文化來，其中最足代表這時期印度思想的精華
是奧義書 (Upanishads)。奧義書是印度哲學的正宗，印度各派
哲學均由此衍生，世界各國學者，一致推崇。法國哲學史家
考辛 (U-Consin) 為之拜倒座前，日本哲學史家高楠稱為「世
界思想史上一大偉觀」。而大哲學家謝林 (Schelling)、叔本華
(Schopenhauer) 輩，更為之衷心讚歎，五體投地。叔本華之言
曰:「每篇充滿神聖而熱烈的精神，每章令讀者起深崇的思想。
全世界中，未曾有像奧義書這樣最有價值而又最卓越的書。
得讀此書，實在是我生前的歡喜，也是死後的安慰。」

　　奧義書通稱一百零八種，其中古奧義書十一種，約產生
於公元前七百年至五百年頃，最有哲學價值，其思想有與柏

拉圖、斯賓那沙、康德等相呼應之處。前期古奧義書的文體頗似我國《論語》、《孟子》等書，以雅吉納瓦卡（祭皮衣帥）與鄔大拉迦阿魯尼二人為當時學術界兩大師，阿魯尼教子之篇，妙喻層出，以鹽與榕實為譬，闡明微妙本體，最為著名。

　　吠陀經與奧義書所用文字，均為梵文。

九、吠陀經選鈔

（一）《因陀羅豪飲歌》

吠陀經中最崇拜的神祇是雷雨神因陀羅，他喜歡飲酒（酒神叫做蘇摩），這篇《因陀羅豪飲歌》係《梨俱吠陀》第十卷第一百十九篇，最為林語堂所賞識，從本篇可認識印度民族在吠陀時代所最崇拜的神祇的性格和形態，全篇共十三頌。

⑴這個，就是這個，是我的決定，來獲得一頭母牛，來
　獲得一匹駿馬：
　　我沒有喝過蘇摩汁嗎？
⑵像陣陣的狂風，我享受過的飲喝把我攆了起來：
　　我沒有喝過蘇摩汁嗎？
⑶那飲喝，我享受，把我扶了起來，像疾駛的馬匹拖一
　輛車：
　　我沒有喝過蘇摩汁嗎？
⑷讚歌已經達到我，有如一頭母牛鳴叫著去會見她親愛
　的小犢：
　　我沒有喝過蘇摩汁嗎？

(5)有如製造者彎曲那車座，環繞著我的心，我彎曲那讚
　　歌：

　　　　我沒有喝過蘇摩汁嗎？

(6)在我，不像一粒微塵的在我眼中，計算那人類的五族：

　　　　我沒有喝過蘇摩汁嗎？

(7)諸天加上大地的本身沒有長大到我的一半相等：

　　　　我沒有喝過蘇摩汁嗎？

(8)我因我的權勢勝過諸天和全部這廣闊的大地：

　　　　我沒有喝過蘇摩汁嗎？

(9)唉！這廣闊的大地我將放置在這裡或那裡：

　　　　我沒有喝過蘇摩汁嗎？

(10)在一剎那中我將怒擊那大地在這裡或那裡：

　　　　我沒有喝過蘇摩汁嗎？

(11)我的側面之一在空中，我令另外的側面下垂：

　　　　我沒有喝過蘇摩汁嗎？

(12)我，有力者之最偉大的，我被高舉上蒼天：

　　　　我沒有喝過蘇摩汁嗎？

(13)我尋覓禮拜者的居處，持供奉給諸神者：

　　　　我沒有喝過蘇摩汁嗎？

註：　五族大約當時亞利安人大小部落，屬於五種血系。後人以「波
　　　魯斯」、「土爾華」、「雅度斯」、「阿奴斯」、「特魯耶」五族實
　　　其數。

（二）《因陀羅讚歌》

《因陀羅讚歌》一首十五頌，係《梨俱吠陀》第一卷的第三十二篇，內容足以反映亞利安人遷入印度後與土人戰鬥的情形。篇中「因陀羅」為亞利安人之軍神，大剎指當地土人，惡龍指土人首領，而雙方爭奪的是牛群與水源。本來，「因陀羅」是雷雨之神格化者，所以本篇也可解作雷雨現象的描寫。但「吠陀經」中「因陀羅神」的得勢，即係反映亞利安人的戰鬥精神，而大剎的黑膚低鼻，被證為先住民族德羅維荼，則描寫雷雨現象，也就是象徵當時的戰鬥情形了。

⑴我將陳述「因陀羅」的重要事跡，第一他達成的，這雷霆的使用者。

　　他屠龍現水，開闢那山岳激流的水道。

⑵他殺戮那條龍仆倒在山上，他的神聖雷杵係特瓦須泰（Tvashtar，工巧神）所造。

　　有如嘷鳴的牝牛之群，迅疾地流瀉下去，眾水流向大洋。

⑶躁急如牝牛，他選擇了蘇摩，在三隻聖杯中喝那液汁。

　　摩伽梵（Maghavan，惠人者）緊握雷霆作他的武器，敲擊這首生之龍直到死去。

⑷直到，因陀羅啊，你殺死了那龍的首生子，制服施魔法的魔力。

於是，把生命給與日和曉及天，你找不到一個敵人站起來攻擊你。

(5)因陀羅，用他自己偉大而致死的雷霆，打擊毘里特羅（Vritra，即龍）成為碎片，那毘里特羅中的最惡者。

有如喬木的樹幹，隨著斧斤的砍伐低睡在地上，那仆倒的龍躺著了。

(6)他，有如狂人，柔弱的戰士，卻向因陀羅挑釁，向那偉大而躁急格殺如麻的英雄挑釁。

他，因陀羅的敵人，受不住兵器的鏗然擊打，摧毀了那些正傾崩的殘破之城堡。

(7)無腳也無手，他依然挑鬥因陀羅，因陀羅把杵打擊在他的兩肩之間。

這樣還是元氣未傷，毘里特羅倒下，被割的四肢零亂拋散。

(8)那裡，因他躺著有如一條決堤的河，眾水湧出流在他身體的上面。

那水流本被龍的法力所禁錮，現在，那龍卻躺在急流的腳下。

(9)母龍的力量是削弱了，因陀羅已投擲他致死的雷杵打擊她。

母龍在上面，子龍在下面，那淡奴（Danu，該殺的）有如一頭母牛躺在她小犢的身邊。

(10)水流在永不間歇中滾滾不息地常向前流瀉。

大水帶去毘里特羅的無名之屍，因陀羅的敵人沉入永恆的黑暗。

⑾大剎 (Dasas) 的奴隸們由亞吼（Ahi，惡龍）防備著，眾水拘留著有如被強盜所劫持之牝牛。

可是他，他打倒了毘里特羅，便開放那水流被監禁的洞穴。

⑿你是一條馬尾，哦，因陀羅，當他打在你的杵上，你是天神無雙。

你奪還了牝牛之群，贏得了蘇摩，你釋放了七條江河的流瀉。

⒀電閃無利於他，雷霆無利於他，不論他展布霧和雹圍繞著他。

當因陀羅和惡龍掙扎在戰鬥中，摩伽梵永遠獲勝。

⒁你看見誰給龍報仇嗎？因陀羅啊，你殺了他，恐怖佔有了你的心。

有如一隻驚恐的鷹掠過那地帶，你越過九十九條流瀉的河。

⒂因陀羅是一切動的和不動的之王，馴服的和有角的生物之王，那雷霆的使用者。

他似君主般統治所有生存的人類，涵容一切，有如輪緣的抱含全部車輻。

一〇、奧義書選鈔

（一）微妙的本體

1.

鄔大拉迦阿魯尼（Uddalaka Aruni，阿魯尼之意為阿魯那之子）。對他兒子斯凡泰凱妥（Svetaketu）說：「我的兒啊，跟我學睡（Svapna）的真諦。當一個人睡在這裡，那麼他變成和『真』一致；他歸向他的自我，因此他們說：司瓦畢諦（Svapiti，他睡著），因為他去到（apiti）他自己（Sva）那裡……」

「我的兒啊，一切眾生都有他們的根在『真』中，他們生活在『真』中，他們歇息在『真』中。」

「當火、水、土三元素到達一個人，我以前說過的，每一種元素變成三分。（譯者按：謂土成糞、肉、意，水成尿、血、呼吸，火成骨、髓、語。）當一個人從這裡離去，他的語納入於意，他的意納入呼吸，他的呼吸納入於熱，熱（火）納入於最高神。」

「那麼，這就是微妙的（或譯微細的）本體（一切的根），一切存在（宇宙萬有）的自己都在這裡邊，這是『真』。這是

『自我』，而你，斯凡泰凱妥啊，你就是這個。」(tat tvam asi，
汝即彼)

　　兒子說：「請再告訴我一些，爸爸。」

　　「好的，我的孩子。」父親回答。

2.

　　「我的兒啊，有如蜜蜂釀蜜，從遠處的樹上採集液汁，
再把液汁調製成一種形式。」

　　「而因為這些液汁不能被辨別了，因此它們不能說，我
是這棵樹的液汁或者那棵樹的液汁。同樣的，我的兒啊，當
一切眾生納入了『真』，（不論在深睡中或死亡時）不知它們
已納入在『真』之中。」

　　「所有這些眾生，不論是一隻獅子，或是一隻狼，或者
一隻野豬，或是一條毛蟲，或是一隻蚊蚋一隻蟲，他們都是
變了再變的。」

　　「那麼，這就是微妙的本體，一切存在的自己都在這裡
邊，這是『真』。這是『自我』，而你，斯凡泰凱妥啊，你就
是這個。」

　　兒子說：「請再告訴我一些，爸爸。」

　　「好的，我的孩子。」父親回答。

3.

　　「我的兒啊，江河奔流，東部的（例如恆河）流向日出，
西部的（例如印度河）流向日入，它們從海到海。它們確實
變成海。而當那些江河流進了大海，不再能辨別，我是這條

河或者是那條河。」

「同樣的，我的兒啊，一切眾生當牠們從『真』中出來，不知道牠們是從『真』中來，所有這些眾生，不論是一隻獅子，或是一隻狼，或是一隻野豬，或是一條毛蟲，或是一隻蚊蚋一隻蟲，牠們都是變了再變的。」

「這是微妙的本體，一切存在的自己都在這裡邊。這是『真』。這是『自我』，而你，斯凡泰凱妥啊，你就是這個。」

兒子說：「請再告訴我一些，爸爸。」

「好的，我的孩子。」父親回答。

4.

「假使有人去打擊這株大樹的根，這樹便要流出水液來，但仍活著。假使他打擊在樹幹上，這樹便要流出水液來，但仍活著。假使他打擊在樹頂上，這樹便流出水液來，但仍活著。這屹立的樹被活的命我 (Jiva atman) 所滲透，深飲它的滋養而生長繁茂。」

「可是假使命我（生命的自我）離開一根樹枝，那根樹枝便枯萎；離開第二枝，那第二枝便枯萎；離開第三枝，那第三枝便枯萎。假使離開全株樹，那整棵樹便枯萎了。恰恰是同樣的，我的兒啊，你要懂得這個。」

他這樣說：「這軀幹的確枯萎而死了，當命我離開了它，但命我是不死的。」

「這是微妙的本體，一切存在的自己都在這裡邊。這是『真』。這是『自我』，而你，斯凡泰凱妥啊，你就是這個。」

兒子說：「請再告訴我一些，爸爸。」

「好的，我的孩子。」父親回答。

5.

　　「到那邊拿一只榕樹（Nyagrodha，納格路陀）的果實來給我。」

　　「這裡拿來了一只，爸爸。」

　　「剖開它。」

　　「剖開了，爸爸。」

　　「你看見些什麼呢?」

　　「許多種子，小極了。」

　　「把其中一粒剖開來。」

　　「剖開了，爸爸。」

　　「你看見些什麼呢?」

　　「什麼也看不見，爸爸。」

　　父親說：「我的兒啊，那微妙的本體你沒有察覺。就是那本體，使這納格路陀大樹存在。」

　　「相信這個。我的兒啊，這就是微妙的本體，一切存在的自己都在這裡邊。這是『真』。這是『自我』，而你，斯凡泰凱妥啊，你就是這個。」

　　兒子說：「請再告訴我一些，爸爸。」

　　「好的，我的孩子。」父親回答。

6.

　　「把這鹽放在水裡，早晨再來見我。」

　　兒子照他的吩咐做了。

父親對他說：「把昨晚你放在水裡的鹽拿給我。」

兒子看看，找不到鹽，因為鹽當然已經溶解了。

父親說：「從這一邊嘗嘗，有什麼味兒？」

兒子回答：「鹽。」

「從那一邊嘗嘗，有什麼味兒？」

兒子回答：「鹽。」

父親說：「把水倒掉再來見我。」

他這樣做了；但鹽永遠存在。

於是父親說道：「同樣的，我的兒啊，在這身體之中，果真你沒有察覺到『真』，可是這確實在那裡。」

「這是微妙的本體，一切存在自己都在這裡邊，這是『真』。這是『自我』，而你，斯凡泰凱妥啊，你就是這個。」

兒子說：「請再告訴我一些，爸爸。」

「好的，我的孩子。」

7.

「一個人病重了，他的親戚都聚集來圍著他問：『你認識我嗎？你認識我嗎？』當他的語沒有納入於他的意，他的意沒有納入於呼吸，呼吸沒有納入於熱（火），熱沒有納入於最高神，他是認識他們的。」

「可是當他的語納入於他的意，他的意納入於呼吸，呼吸納入於熱，熱納入於最高神，於是他不認識他們了。」

「這是微妙的本體，一切存在的自己都在這裡邊。這是『真』。這是『自我』，而你，斯凡泰凱妥啊，你就是這個。」

兒子說：「請再告訴我一些，爸爸。」

「好的，我的孩子。」父親回答。

8.

　　「我的孩子，他們把一個人帶到這裡來，他們用手捉著他。他們說：『他拿了別人的東西，他犯了偷竊的罪。』（當他否認時，他們說：）『燒熱了斧頭交給他。』如果他偷竊了，那麼他使自己成為假。於是因他的假話，虛偽掩蓋著他的真我，他握著火熱的斧頭，他便被炙傷而死。」

　　「可是如果他沒有偷竊，那麼，他使自己成為真，於是因他的真話，真理掩蓋他的真我，他握那火熱的斧頭，他不被炙傷而得救。」

　　「那個真實的人不被燒炙，這樣一切存在都有他自己在『彼』之中。彼就是『真』，就是『自我』，而你，斯凡泰凱妥啊，你就是這個。」

　　他懂得他說的了，是的，他懂得這個了。（《聖徒格耶奧義書》第六篇八—十六章）

註：印度古代以火來審判，玄奘《大唐西域記》中也有這種記載。這似很不合理，然至今催眠術者能使人炙而不傷也不痛，且時有走火之表演。這大約是有自信心的可以不被火炙傷吧。

（二）臨終禱詞

　　奧義書是研究印度哲學的一部基本經典，無論正統的六

派哲學，別立門戶的佛教哲學或者那教哲學，都植根在奧義
書之中，因此我們研究印度六派哲學固然要先讀奧義書，就
是研究印度佛教，也要先知道一些奧義書的內容，才能認識
佛教興起的歷史背景。在我編譯的《印度三大聖典》一書中，
我選譯了新舊奧義書共二十篇，難解的我都附加註釋。這裡，
我把其中最短的一篇《臨終禱詞》譯文抄錄在下面，並試加
詳細的解說。

1.

  用黃金的盤，
  掩蔽了「真」的臉；
  普霜啊，揭開它，
  讓【我這】皈依者可以看見。

2.

  哦，普霜，獨一無二的見者；哦，閻摩；哦，蘇雅，
  生主之子，展開你的光！把它們集合起來！我看見你
  的樣子是多麼美麗啊！那邊的他是布爾夏，我就是他！

3.

  【我的】呼吸歸入不滅的大氣！
  這身體便終結於【化為】灰燼！唵！
  【但】心靈啊，記住！所做的事記住！
  心靈啊，記住！所做的事記住！（《伊薩奧義書》十五—
  十七）

解說：《伊薩奧義書》雖只十八頌，卻是奧義書中不易解說的一種，也是重要的一種，以上所錄《臨終禱詞》三首，便有幾種不同的解說和譯法，其中第三首最為有名，且在梵文文學中頗有地位，常被印人所引用，我的譯文是採取美人休謨和印人摩訶提文的譯法譯出的。方括弧中的字為梵文原文所無，是譯者為補足語意而加添的字句。

　　第一首梵文原為韻文一頌，金盤指太陽，真是真實、真理、真相，即隱藏在演化出來的假相（現象）裡面的宇宙之大原理，這是至高的存在，印人名之曰梵，曰阿德曼（自我），曰生主，曰原人布爾夏。其在個人身體中的阿德曼（個人我，小我），俗名靈魂，也就是具體而微的神我（大我）梵，由梵而來。臨終的人希望個人的靈魂歸於真。真既在現象金色之盤太陽的裡面，被掩蓋了臉，故請求對死者靈魂升天的普霜神把金盤揭開，讓皈依真的他可以看見。

　　第二首原為散文一節，可稱散文詩。祈禱者呼喚普霜及死神閻摩（即後世之閻王）太陽神蘇雅而禱告。請太陽散開它的光芒讓他進入太陽裡面去，然後再把光芒集合起來。陽光的後面是真相布爾夏，死者的靈魂到達那裡，歸入於真，那麼，梵我合一，他就是布爾夏了啊！

　　第三首原為韻文一頌。祈禱者自述死時個人的氣息歸入空氣中，肉體火葬，化為灰燼便終結了，但精神仍不死。為什麼呢？因為個人生前所得的智能（經驗）已為靈魂所攝，而生前的行為（業，即事業），依照因果律，必生果報，也緊執著靈魂同去，所以個人雖死，他的心靈（智能）和生平的

言行（事業）仍將影響後來。故祈禱者臨死時頻頻呼喚此二者而囑以記住，以為告別，而人生的意義也便在這數語中可以體味到了。

一一、寓言故事《五卷書》與《四部箴》

印度寓言故事影響世界文學很大，而且無遠弗屆。現在，我們從《五卷書》和《四部箴》選讀幾篇印度的寓言故事，因此特把這兩部書來一談。

寓言是為道德的教訓而起，印度自古有所謂「禮方論」的著作，以詩的體裁寫格言或道德教訓，這種書留存到現在的都是殘本。因為有許多已被吸收進《摩訶婆羅多》中，所以《摩訶婆羅多》也可視作禮方論的一種，和禮方論最相近的便是禽喻，或禽獸喻言的寓言和故事，在奧義書中已保存著印度最古的禽喻，作者常以諸天垂跡為禽獸來啟發人間作為故事的張本。佛教的本生故事也可視為禽喻的一種，佛教徒在很早的時代便會利用這種故事來寄寓道德的教訓，說佛陀生前為禽獸踐行了許多利他行為，故得成佛。最初的作者只以人與神底精靈寄寓在禽獸形體中，藉禽獸的行為來教訓或救度人間，但到了後來，禽獸便可以說人話，直接地把人教訓起來。這便是印度寓言故事發展的經過。

《五卷書》是印度寓言故事的總集，也是世界最古的禽喻集。現存的本子，包括八十七個故事，分為五卷：一、失友，二、得友，三、烏鴉和貓頭鷹，四、失利，五、病急行為。另外一種包括四十三個故事的寓言集，名《四部箴》。書

分四部分：一、得友，二、失友，三、戰爭，四、和平。一般說來，這只是《五卷書》的刪節本，但其中故事不盡相同，見於《五卷書》的只有二十五個故事，所以《四部箴》仍常被人與《五卷書》相提並論。大概《五卷書》是西北印度的產品，而《四部箴》是恆河岸的集子。

據赫太爾 (Dr. Hertel) 的判斷，《五卷書》可能在公元前二世紀寫定於喀什米爾 (Kashmir)，而在梵文研究中證明這故事的本身年代還要早得多，自公元六世紀由柏勒維文輾轉重譯傳入歐洲，雖對歐洲文學有著特殊的影響，但故事的本身，已失卻不少的本來面目。近百年來，西方的梵文學者始作直接翻譯工作，《五卷書》的由梵文譯成英文以賴度 (Arthar W. Ryder) 的一九二五年譯本為最著。《四部箴》的英譯則以阿諾爾 (Sir Edwin Arnold) 的一八六一年譯本為佳。

印度寓言除鳥言獸語的特徵外，顯著的風格還有故事的葡萄藤式枝蔓和詩體格言的俯拾即是。《五卷書》和《四部箴》的第一個故事記述原書的出處是：南印度的花城 (Pataliputra，或譯華氏城) 有一國王為教導他的三個愚蠢的王子，請到一位名叫毘濕奴沙門 (Vishnusharman) 的婆羅門來擔任這工作。他採取了一種特殊的教學法——講故事——來開導王子們，結果，竟在六個月中都完成了教育的任務。書中的故事便是這位名師所講述，這便是葡萄藤的一根總幹，把所有的故事聯繫在這一總幹之上了。其餘的故事，或互相牽引，如唧尾之魚，或中間插入，如寄居之蟹，非常巧妙，而散文與格言詩的間隔，讀來更是風味別具。

下面選錄普賢女士所譯《五卷書》四篇，係譯自賴度的

譯本，保持了格言詩的形式，選錄伍蠡甫所譯《四部箴》五篇，係根據 Charles Wilkins 的英譯，雖已失去格言詩的體式，但卻保存了連環故事的形態，都是比較忠實的譯品。

　　再要加以說明的，是下面所選《四部箴》的五則故事為第二部失友十則的後五則，那前五則故事的主幹只是毗濕奴沙門給學生講述了獅王品茹拉加任用了牡牛商齊伐加為大臣，牡牛即遭獅王的顧問兩頭胡狼名卡拉泰加與達馬那加的嫉妒。兩胡狼密議設法從中挑撥離間。密議時達馬那加便對卡拉泰加講述了本書所選依次的四個故事，最後又對獅王講述了「鷸鴣和海洋」一個故事，終於挑撥得獅王把牡牛殺了。

一二、《五卷書》選鈔

（一）婆羅門的山羊

在某一市鎮上，住著一個叫作福蘭德利的婆羅門，他是從事於主持聖火的工作的，是二月裡的一天，天上層雲密佈，微風飄著細雨的時候，他到另一村子去乞求祭祀用的犧牲。

「啊！奉獻者啊！我想在下月的某一天做一次祭獻，乞求你給我個犧牲吧！」福蘭德利對某一人說。

這人就給了他一隻像經典上所指示的肥美山羊，福蘭德利就使山羊在地上走了幾步。知道牠是健康的，然後把牠扛在肩膀上，開始急速地往自己市鎮走。

在路上，他被三個飢腸轆轆的惡漢碰到了，偵探到在他肩上是隻肥美的動物，於是三個人悄悄地說：「來，如果我們能吃了這個動物，我們就可在這陰冷的天氣開開心了。讓我們來愚弄愚弄他，我們可以用這隻山羊來驅走這股寒氣。」

於是其中第一個換了裝束，從一條小路出發去截遇這個婆羅門人。並且以一種虔敬的態度對他說：「噢！虔誠的婆羅門！為甚麼你做一件如此違反慣例而可笑的事啊？你正扛著一隻污穢的走獸——一隻狗——在你的肩上啊！」

　　婆羅門對此氣憤難當，說：「你瞎了眼了？漢子！你竟誣蔑山羊是狗？」

　　這惡漢說：「噢！婆羅門可別生氣，走你的路好了！」當他走了不多遠，第二個惡漢遇上了他，說：「啊呀！聖徒啊！縱然這隻死牛是個寵兒，你也不應該再把牠扛在肩上了。」

　　婆羅門生氣地說：「你瞎了眼嗎？漢子！你稱山羊是牛？」惡漢說：「聖徒啊！別生氣了，我是無心說的啊！隨你的便好了。」

　　但當他穿過樹林前走了不多遠時，第三個惡漢換了裝束遇著他說：「先生！這太不像話了，你是扛著隻驢子在你肩上啊！懇求你在別人看見之前丟了牠吧！」

　　於是婆羅門斷定這隻山羊一定是個四腳形的，專喜作弄人的小鬼，就把牠丟到地上，恐怖地往家走。而三個惡漢得到了山羊，完成了他們的預謀。

　　這就是，為甚麼我要那樣說：

　當心那些狡猾機智的強梁。

　他們盜竊了婆羅門的山羊。

　　而且其中還有一種確當的含義：

　不是誰都會被騙嗎？

　那新僕的勤快。

　賓客的虛誇，

　少女的眼淚，

　還有那狡詭的雄辯家？

　　而且，一個人應該避免和群眾口角，雖然他們個別是怯弱的，正像詩句所歌唱：

群眾是可怕的，

謹防掀起群眾的怒吼：

螞蟻可以吞下巨蟒。

而牠只有顫抖。

（二）蒙虎皮的驢子

　　從前在某鎮上有一個叫做潔服的洗衣人，他有一隻牡驢，因為缺乏糧秣，所以長得非常羸弱。

　　當洗衣人在林間漫步時，看到一隻死老虎，他心想：「啊！真運氣！我一定把這虎皮蒙在驢子身上，夜晚把牠釋放在麥田裡，這樣農夫們就以為牠是隻老虎，而不趕牠出去了。」

　　如此做了以後，驢子在麥田裡吃得心滿意足，天剛亮時，洗衣人就把牠牽回穀倉來，這樣過了一些時候，牠就胖得幾乎擠不進獸欄去了。

　　但有一天，這驢子聽到遠處有牝驢的鳴叫，於是使得牠也鳴叫起來，因而農夫們就知道那老虎是驢子偽裝的了，於是用木棍、石頭和箭，把牠殺死。

　　這就是，為什麼我要那樣說：

外表無論多麼嚇人，

偽裝無論多麼巧妙，

驢子，縱然蒙上老虎皮，

畢竟被殺死——由於牠的鳴叫。

（三）王子腹中的蛇

在某城市，住著一個叫做萊克的國王，他有一個兒子，因為有條蛇把他的肚子代替了蟻垤當做家，在裡面盤據著，所以他整天甚麼事也不能做，只好垂頭喪氣地跑到另一國家去。他就在這一個國家的某一城市裡，找了一座大廟住著，討飯維持生活。

在這個城市裡，有一個叫做基夫特的國王，他有兩個女兒，都已成年了，其中一個天天在她父親的腳下鞠躬致敬說：「啊！國王！勝利！」而另一個就說：「啊！國王！您的功績！」

國王對此生氣了，說：「大臣們！聽著！這個少婦說的話不懷好意，把她送給外國人，讓她有她自己的功績去！」大臣都同意了，就派給她很少的幾個僕人，把她送給住在廟裡的王子。

她很高興，像迎天神似的接待她的丈夫，並同他一起到一個遙遠的國度去。在遠處一個城市中的大水池旁邊，她留下了王子看家，自己就帶著僕人去購買牛油、菜油、鹽、米及其他必需品。當她採購完了，回來發現王子把頭靠在一個蟻垤上，從他嘴裡伸出頸旁有摺襉的蛇頭在吸空氣，而另一條從蟻垤裡爬出來的蛇也同樣在吸空氣。

當這兩條蛇彼此看到後，牠們的眼睛都氣紅了，蟻垤裡的蛇說「你這惡棍！你怎能用這種殘酷的方法折磨一個如此英俊的王子呢？」王子嘴裡的蛇：「你自己才是惡棍，你怎

能把裝滿黃金的兩個鐵罐拖到泥土裡去呢?」就這樣,彼此暴露了對方的弱點。蟻垤裡的蛇繼續說:「你這惡棍,只要王子喝下點黑芥末粉就可毀壞你的,可是怎麼就沒人知道這簡單藥方呢?」王子腹中的蛇也報復地說:「只把蟻垤灌進點熱水,就可毀滅你了,怎麼就沒人知道這簡單方法呢?」

躲在樹後的公主,完全聽到了牠們的談話,就按照牠們所說的做。於是她使她的丈夫強壯了,並且獲得了大量的財富。當她回到自己的國家時,受到父母、親友的崇高敬佩,而且快樂地生活著,因為她建樹了她的功績。

這就是,為甚麼我要那樣說:

趕快,趕快,真誠合作,

共同防衛,知否腹內垤外的兩蛇?

兩蛇之被摧毀?

(四) 老鼠救大象

從前在某個地方,那兒的人民、房屋和廟宇都已衰敗了,所以那些作為老住戶的老鼠,就把這些莊嚴建築物的地板縫隙,作了牠們的大本營,子子孫孫,蔓延繁殖,因而使得那一帶地方,鼠穴累累,密集一團。而那些老鼠就利用不同的節日,陶醉在幸福的生活裡,像演戲劇(用牠們自己捏造的情節)、結婚喜宴、各種舞會以及類似的娛樂等,時間就這樣消磨過去。

在這種場合,突然出現了個象大王,牠率領著幾千隨從,

向一個預先探知有水的湖沼出發。當牠經過老鼠社會時，牠就把所碰到的老鼠，踏得血肉模糊，面目全非。

於是那些劫後餘生的老鼠，召集了個會議，商量道：「我們正被這些亂闖的大象殺害著。趕快咀咒牠們，假若再來一次，我們就不夠繁殖後代的了，所以讓我們想個有效的補救辦法來應付這危機。」

會議完畢，其中一個就跑到湖邊對象大王鞠著躬，很恭敬地說：「啊！大王！離此不遠是我們延續了很久的社會，我們有很多代的子孫在該地繁盛生長，如今您和您的隨從，因到此地喝水，竟毀滅了我們上千的同類，而且，如果您再這樣來一次，我們就不夠繁殖後代的了。您要是肯憐憫我們的話，就請走另一條路吧。而且事實會證明，雖然像我們這麼大小的生物，也說不定那一天會有點用處的！」

象大王考慮了一下牠所聽到的，認為老鼠說的有道理，於是就答應了牠們的請求。

此時有某國王命令他的捕象者去捕捉大象，他們造了一種叫做水捕機的東西，把象大王和牠的象群都捉住了，而且三天後，又以一個用繩索等物編結的東西把象大王拖出去，拴在樹林中某角落的一棵粗壯樹幹上。當捕象者離去後，象大王就思忖：「用甚麼法子，或由誰來幫忙救我出去呢？」接著牠轉了個念頭：「除了那些老鼠，我們是沒有解救的方法的。」於是象大王就派牠的私人隨員──一個沒有被關進捕捉機的牝象，牠，是早就知道老鼠社會的──把牠的惡劣處境，詳細地說給老鼠知道。

老鼠們得悉此情後，急切地想去報答象大王以前對牠們

的恩惠。於是就去拜訪象群，看到牠們都被囚禁著，就先咬斷牠們腳底的繩索，然後攀援而上，把上面的繩子也咬斷，釋放了牠們的朋友。

這就是，為甚麼我要那樣說：

廣結友人，

不管他們是強壯的或軟弱的，

想想被囚禁的象群，

是老鼠把牠們解救的。（以上《五卷書》譯者：裴普賢）

一三、《四部箋》選鈔

（一）甘達帕基都的經歷

在甘卻南城裡，從前有過一個王侯，名叫維拉·維克拉馬。有一天，當地的首席法官正帶著一個理髮師要到刑場上去行刑的時候，一個名叫甘達帕基都的與一商人一道旅行著，突然拉住了法官的衣襟，喊道：「這個人是無辜的！」

「什麼！」國王的官吏們說：「無辜的，你說？」

「聽我說！」他回答。接著他就把下面的那句話唸了一遍：「我，因為接觸了金絲娘；理髮師的老婆，因為縛住了自己；商人，因為想偷盜一顆珍珠；這幾個人都因自己的過失而受罪。」

「這是什麼意思呢？」那官吏問。

於是那旅客就把他的經歷講了出來：

錫爾島上的國王有一個兒子名叫基姆荅基都，我就是他。一天，一個在御花園中當差的船夫告訴我，每月十八日，在附近的海中，可以看到一個彷彿是拉克希米的女神，坐在一棵樹下一只鑲著珠寶的銀椅上，彈奏著提琴。到了所說的時候，我就派人去召那船夫來，我跳上船，揚帆向那所說的地

方馳去。一到那邊，我果然看到一個美女，她的上半身露出水面上。總之，我被她的美麗迷住了，就向前一跳，想去捉她；不料沒有抓著那像「思想樹」上的一條小枝，我就立即被送到她的水晶宮裡去了。到得那裡，我看見她正坐在一間金屋裡的一架金榻上等候，旁邊有許多「女才子」服侍她。她遠遠看到我，就站起來迎接我，說願意做我的妻子。我用我的眼睛表示了同意，我們就立刻以最簡單的儀式結為夫婦了。她名叫珍珠公主，乃是才子國國王凱達帕吉利的女兒。

有一天，她私下對我說：「夫君，此地的一切東西，你都可以任意享用，只有那美麗的『女才子』史華娜利嘉（金絲娘）不在此例，無論什麼人都不得和她接觸的。」

過了幾天，在一個遊藝會中，我因為心情非常輕快，竟忍不住去碰了她一下，為著我的無禮，她用腳跟來踢我；我醒來，就落在這一個國家裡了。

我非常悲苦地在各處旅行，最後偶然到了這城。我在四處流浪了一天，晚上就去借宿在一個牧牛者的家裡。這個牧牛者也看到犯罪的時間靠近了，就深謀遠慮地離開了朋友們的談話會，回到家裡來。

一到家裡，他果然發現他的老婆在同另一個女人商量幹壞事。因此，他使勁地打了她一頓，又把她縛在一根柱子上，自己繞去睡覺。

到了半夜，那另一個女人（就是這理髮師的老婆）又回來，對牧牛者的老婆說道：「這麼一個人渴望與你相會，願為你死。所以，你還是去罷，去跟他談一談，快快回來，在這期間，我當把自己縛在柱上等待你。」

事情這麼佈置好了，那牧牛者恰巧醒轉來。「現在你為什麼不去會你的情郎呢，親愛的?」他說。因為沒有回音，他又說道:「喂，誰把你教得這樣高傲了，竟不屑回答我的問話呢?」說著，他就大怒爬起身來，割去她的鼻子，於是繼續去睡覺了。

過了一會兒，牧牛者的老婆回來了，問她的鄰人有什麼消息。

「什麼消息!」她說道:「看看我的面孔罷，就知道有什麼消息了!」

接著，牧羊者的老婆就依照原樣，把自己縛在柱子上，而理髮師的老婆拾起了自己的鼻子，回到自己家裡去了。

第二天清早，當理髮師正在四處尋找他的剃刀盒的時候，他的老婆說道:「這兒有一把剃刀，」同時就把刀塞在他的手裡;不料這恰巧觸怒了他，他憤怒地把刀丟在地上，於是他的老婆趁此機會，叫喊起來:「啊! 他無緣無故割去了我的鼻子。」接著她就跑到法官那裡去了。

且說那牧牛者的老婆等她的丈夫第二次醒來時，就大聲說道:「囚徒，你以為能夠毀傷像我這樣清白無辜的人嗎? 天地間的八位『佑護神』都熟悉我的行為，俗語不是說嗎?『天、地、日、月、水、火和空氣;心和良知;白日和黑夜;早晨和薄暮;正義和一切，都是人的行為的見證。』那麼，讓下面這句話來檢察我的清白無辜吧:『佑護世界的偉大的天使啊，如果我是一個清白的妻子，望你使我的鼻子仍舊生在我的臉上!』」

「現在，」她說道:「你來看看我的臉!」

因此，她的丈夫就拿了一個火，去審視她的臉；他看見她沒有絲毫損傷的痕跡，就跪倒在她腳邊，以愉快的心情解去了她的束縛，抱她到床上去。

現在，我已把這一切都告訴了你們，我還忍不住要默想著那把自己縛在柱上的理髮師的老婆的行徑，然而，「惡神們所熟悉讀的每本知識書，婦女們都生來就知道了。」「女人的說話中含著羞，可是她的心中卻只有毒。」

現在請聽這商人的歷史吧：他遠離家鄉，在外經營了十二年，纔從古爾孔達礦區帶了很多的珠寶回到這個城裡，借宿在一家人家。這家的女主人已用木頭製成一個神像，又在神像頭上裝著一顆珍珠。她把這事告訴商人，他為貪心所驅使，在夜半偷偷地爬起來，但正當他的手放到那顆珍珠上時，他就被那神像的用鐵絲繫住的兩臂抱住了，而且抱得非常緊，以致他痛得直叫起來。

女主人立刻起來。「呵，呵！商人先生啊！你是從古爾孔達礦區來的！那麼，就請你將所有的珠寶完全交出來，不然你便不能脫身了。」

他無可奈何，只好派人去把他的全部財寶拿來，獻給那個女主人。因為他的財產這樣被奪盡，就來加入我們這巡禮聖地的隊伍。

旅客講完他的故事，法官們釋放了那可憐的理髮師。所以我說：「我，因為接觸了金絲娘；理髮師的老婆，因為縛住了自己；商人，因為想偷盜一顆珍珠；這幾個人都因自己的過失而受罪。」

現在，達馬那加繼續說道：「這既然也是我們自己找來的

不幸，我們便不該悲傷。」他考慮了一會兒，又說道：「老哥，他們之間存在著的友誼是我造成的；這友誼也可以由我來破壞；因為，『乖巧的人能使虛偽貌似真實，善於繪畫的人能使平面顯得不平。』『猝遇意外而不動搖的智力，能渡過最大的難關；好像那有兩個情郎的農民之妻。』」

「這又是怎麼一回事呢？」卡拉泰加問，於是達馬那加就把下面的故事講了出來：

（二）農民之妻和她的兩個情郎

在特華拉加地方，一個農民有一個美麗的妻子，她時常跟當地的縣官的兒子在一起鬼混；因為，如古語說：「火決不因添油而滿足，海洋決不因江水流入而滿足，死神決不因有生之物都死盡而滿足，美麗的婦女也決不以征服男性全體為滿足！」「你決不能把婦女弄得忠心而馴服；不，無論用贈品、用榮譽、用服役、用嚴屬或用格言，你都不能！」「婦女會輕易地遺棄了一個可敬、可愛、良善、慇懃、有錢、慷慨、具有各種美德的丈夫，而私奔到一個毫無才能德行的窮光蛋那裡去！」

一天，她正站在門前，同縣官兒子嬉戲；她偶然向遠處一望，看見他的父親正在向他們走過來；於是，她就把那年輕人藏在穀倉裡，跟那縣官自己玩耍起來了。可是不久，她的丈夫也出現了，她趕快叫縣官手裡拿了一根棒，眼睛好像憤怒得要發出火來的樣子，匆匆的走開去。事情照此做過了，

那農夫走過來，就問他的老婆，縣官為什麼要這樣氣沖沖地跑到這裡來。「唔，」那乖巧的女人說道：「你該知道，不知為了什麼，他對他的兒子大發脾氣，他的兒子逃到這裡來避難，我就把他藏匿在穀倉裡；他的父親也跑來了，可是找不到他，怒氣沖沖地走了。」說畢，她就把她那年輕的情郎從穀倉裡引出來，把他介紹給她的丈夫。正如俗語所說：「我們知道，婦女們所吃的是兩重的；她們的靈巧是四重的；她們的忍耐力是六重的；她們的熱情是八重的。」

所以我說：「猝遇意外而不動搖的智力，能渡過最大的難關；好像那有兩個情郎的農民之妻。」

「是嗎?」卡拉泰加回答說：「可是怎麼能破壞那存在於他們之間的友誼呢? 現在必須想出一個妙計纔好。」達馬那加答道：「俗語說過的：『不能以力勝者，可以智取。一隻烏鴉借一根金鍊條，把一條黑蛇置於死地。』」

「這是怎麼可能呢?」卡拉泰加問，達馬那加就把下面的故事講了出來：

（三）烏鴉金鍊條和黑蛇

一對烏鴉在一棵樹上，雌鴉生了幾隻小鴉，但是牠們都被那條隱藏在樹洞裡的黑蛇吃了下去。現在，雌鴉又要孵雛了，她就對她的配偶說：「親愛的，我們離開這棵樹吧；因為有了這條可惡的黑蛇，我們決不能把我們的兒女養大的，你知道：『一個邪惡的老婆，一個虛偽的朋友，答話很無禮的僕

人，以及住在一所有毒蛇的屋裡，都等於是不可避免的死亡。』」

「親愛的，」雄鴉答道：「你以後不必再擔心了。我已饒恕了這罪犯好多次；這一次，我一定不再讓牠作惡。」

「夫君，你怎能和這樣強有力的一個敵人對抗呢？」雌鴉說。

「不要怕，」她的配偶答道：「有知識的人就有力量。沒有判斷力的人，那裡有力量？且看一隻憤怒得發瘋的獅子怎樣被一隻野兔子制服了。」

「這是怎麼一回事呢？」雌鴉問。雄鴉就把下面的故事講出來：

（四）獅子和野兔

在曼達拉山上，從前住著一隻獅子，名叫杜甘塔；牠一直在捕食人所預備的犧牲。所以最後，各種野獸召集了一個會議，全體對牠提出條件，如果照牠這樣幹下去，森林裡的生物將逃得一個不剩。如果牠殿下贊成的話，牠們大家願意輪流奉獻給牠一隻野獸，做牠每天的食料，獅子對此表示同意。於是各獸就按照條約，逐日奉獻食物給牠。

最後輪到了野兔身上。牠就默想道：要想自救必須運用機智，我假使不小心，就會喪失我的性命。如果我把他領到另一隻獅子那裡去，不知道對我將發生怎樣的結果？所以，我該慢吞吞地，好像很疲乏似地走進去。

這時獅子已非常飢餓了；他看見野兔走過來，就怒喊道：「你為什麼來得這樣遲？」

「敬奏殿下，」野兔說：「我在半路上，被你的同族用武力攔住了；我答應了牠立刻就回去，纔得來此把這事報告殿下。」

「快走，」獅子喝道：「把這壞蛋所在的地方指示我！」

於是，野兔就把獅子領到一個很深的井旁邊，說道：「在這裡，你來看看牠。」同時他指點著映在水裡的獅子影兒，獅子憤恨得發瘋，立即就向井裡跳，想撲到牠的敵手身上去；這樣，就送掉了自己的性命。

所以我說：「有知識的人就有力量。沒有判斷力的人，那裡有力量……。」

「我已留心聽了這故事，」雌鴉說道：「現在，對於這件事，你就照著應用的手段做去吧。」

「國王的兒子，」雄鴉說道：「每天要到附近的河裡來洗澡。我要趁他除下他的金鍊條時，把這鍊條銜來放在黑蛇所住的洞裡，他的僕役們來尋找鍊條，在樹洞裡發見了，同時又看到一條黑蛇他們就會立刻殺死牠的。」

不久之後，當國王的兒子在河裡洗澡時，烏鴉就實行上述的計劃；派來尋找那金鍊條的人在樹洞裡找到了那條黑蛇，就殺死了牠。所以我說：「不能以力勝者，應以智取。……」

「如果是這樣的話，」卡拉泰加答道：「那麼去吧，願你一路順風！」

於是，達馬那加就跑到品茹拉加面前去，恭恭敬敬地鞠躬，說道：「敬奏殿下，我特來報告一個非常的消息，這消息

在我看來，是不很吉利的，因為『關心別人安全的人，在走入歧途，遇到了急難時，或時機快要消失的時候，應該說出他的健全的意見，即使無人問到。』還有『君王是分配幸福的器皿，並不是執行事務的工具，破壞國家大事的大臣，乃是罪人。』關於大臣們，俗語又說：『由於貪得無饜，企圖篡奪主人的地位而疏忽職務，實在比殺頭或輕生更壞些。』」

於是獅子懇摯地問牠，牠所要報告的究竟是什麼？達馬那加答道：「敬奏殿下，這個商齊伐加並非真正是你的忠心僕人，牠竟敢當著我的面很不敬地談到你的三種權力；而且我知道牠甚至於在覬覦著王位。」

聽了這幾句話，獅子非常驚訝，沉默半晌，達馬那加就繼續說道：「殿下，當你斥退了你所有的舊臣，而任這牡牛為總理大臣時，你犯了一椿極大的錯誤。俗語說：『當君王和大臣兩人都非常得意的時候，史雷雖用兩足站著，卻搖搖欲墜了。這女神為本性所限，無力支持這樣重大負荷，不能不放棄兩人之一。』又說：『當世界上的統治者使一個人成為他治下的最高的，唯一的大臣，而把一切付給他的時候，他就因權力太大而發昏，因疏忽職務而被放逐了。對於自由的渴望在被放逐者的心中留下一深刻的印象，結果他就要默想把他的君王置之死地了。』

古人說：『斬草除根，腐爛的牙齒，不忠心的僕人，邪惡的大臣，最好都連根斬除。』又說：『以命運信託大臣的君王將在緊急時手足無措，好像一個沒有嚮導的盲人。』尤其因為：『權力太大的大臣決不能加以矯正；聖賢人都說高位能使神志不清。』

　　那牡牛對於一切的事都照著他自己的主意去幹，關於這層，殿下知道是有這麼一句俗語的：『世界上沒有一個不想發財的人，也沒有一個人看著別人的老婆，假使是美麗而年輕的話，絲毫不發生佔有她的慾望的。』」

　　獅子又默想了一會兒，答道：「很好，不過即使果然如你所說，我對商齊伐加還是懷著很大的敬意，因為：『我所親愛的人，即使在犯過失時也還是可以親愛的。一所房子的材料燒毀了，那污辱落在誰的火上？』」

　　「敬奏殿下，」達馬那加說道：「這是不應該的；不過這也是的確的：『君王所非常敬重的人是幸福的寵兒，無論他是兒子，大臣或異邦人。』請注意：『在心腸不好的人看來，善人的毀滅是種賞心樂事，幸運喜歡和巧言令色的人在一處。』

　　所以老僕被疏遠，而異邦人反得重用，俗語說：『王侯不該因老僕冒犯了他而重用異邦人，怕的是要在國內造成對壘的兩派。』」

　　「你的說話，」獅子喊道：「使我十分驚異！當初使我不要害怕而把牠介紹給我的，不就是你嗎？那麼怎麼現在牠升了官，就會打算做壞事呢？」

　　「請殿下聽我一句話，」達馬那加說道：「『惡人即使受寵幸，還是脫不了他們的本性，正如一條狗尾巴，即使你用盡各種塗油和按摩的方法，牠還是要彎轉來的。』『無論你怎樣把一條狗尾巴燙、熨、綁紮，在牠身上花了十二年工夫，牠還是要回復原來的形狀。』還有『我們雖已滿足了居心不良的人們的願望，但是我們什麼時候纔能找到改善、快樂與純潔？如果這棵樹是含有毒質的，即使灑以永生的聖水，它的果實

還是吃不得。』

所以我說：『不希望別人毀滅的人，即使不經詢問，也應當為這人的利益而勸告他。這是一種無上的責任，與此相反的乃是惡人的見解。』

因為俗語說：『防禦他人的災難的，纔是善人；毫無不潔的，纔是行為；能制馭自己的，纔是女人；受好人尊敬的，纔是有價值的人；舉止並不無禮驕傲的，纔是大臣；沒有欲望的，纔是快樂人；不作偽的，纔是友誼；不讓五官四肢使自己不安適的，纔是人。』

如果把關於商齊伐加的一切不便都指點了出來，而殿下並不拋棄他，那麼，你的僕人就可告無罪了。俗語說：『一個王侯固執著自己的心意時，既不顧到應辦的正事，也不顧到他自己的利益。他照自己的熱情，任意前進，好像一隻喝醉的象。最後，正當他得意揚揚，竟墮入憂愁的深淵，把一切過失推在他的僕役們身上，並不發現自己的行為的失當。』」

聽了這番說話，獅子答道：「俗語說：『我們不該聽信旁人私下報告就對我們的敵人舉起棍棒來，我們應親自調查，纔定懲罰或褒獎的辦法。』俗語又說：『沒有調查明白而就抓起來辦，有時會使我們自己滅亡；那正像鹵莽地把手伸到毒蛇的嘴裡去。』這話的意思很是明白；雖然如此，我們要宣告商齊伐加的死刑嗎？」

聽了這話，達馬那加有點惑亂，答道：「啟奏殿下，這樣是不行的；因為這一來，我們的秘密談話就破露了，俗語說：『佈下秘密的種子該好心守護，決不能讓它破露；因為一破露，它就不會發榮滋長了。』不過，『時間會吸盡各種高尚偉

大的事業精髓，如果在應辦時卻延擱不辦的話。』因為如此，所以已經開始的事當然應該十分努力去執行，因為，『議決案好像膽怯的戰士，雖然有軍隊隨從，但因為怕被敵人打敗，卻不能持久。』但是說到臨了，如果他的罪狀被證實，他依舊不受懲罰，反被留用，那便非常不對了，因為，『一個人得罪了他的一個朋友之後再想留住他，這個人會獲得死亡的，好像亞斯華太利那條蛇。』『如果一個壞人被留在身邊，那麼無論作什麼都是不利的。貪婪的兀鷹可以代表這種人，來警告一個王侯。』」

「請你告訴我，」獅子說：「對於我們牠能做什麼？」

達馬那加回答道：「假如不知道一個人的親戚們的性質，我們怎能斷定牠能做什麼呢？有一次，海洋竟被一隻單純的鷸鴒佔了上風。」

「這是怎麼一回事呢？」獅子問。達馬那加就把下面的故事講了出來：

（五）鷸鴒和海洋

從前，有一隻住在海邊的雌鷸鴒發現自己有了孕，就對她的配偶說：「我愛，請你去找一個方便的地方，好讓我住下來孵卵。」

「我們現在所住的這個地方，不是一個很好的孵卵場所嗎？」雄鷸鴒問道。

「不，」雌的回答說：「因為潮水時常要沖進來。」

「什麼!」雄的喊道:「難道我比起海洋來,是這樣的力弱,竟要在我自己家裡受他的侮辱嗎?」

「我愛,」雌鷓鴣笑著答道:「你和海洋有極大的差異,不然,『有先見之明的,知道怎樣預防災難的人,就永遠不會遭遇困難了。』」

雖然說了這些話,她卻依舊服從她的配偶的命令,產卵在原來的地方。海洋因為要看看鷓鴣的力量,特意前來,得意揚揚地捲去了那些蛋。可憐的雌鷓鴣十分痛苦,對她的丈夫說:「我心愛的夫君啊,我們遭遇了怎樣的災難! 海洋把我的蛋全都搶去了!」

「我愛,」雄鷓鴣答道:「不要慌,等著看我能做出什麼來。」

說畢,牠就召集所有的鳥,把事變報告牠們;其中有一隻鳥說道:「我們的力量不夠與大海抗衡,可是我主張,我們全體去拜謁鷹王,對牠提出這個問題,請牠解除我們的煩惱。」

牠們考慮一場,接受了這提議,就一同飛到萬鳥之王的面前去,把冤屈陳訴給牠聽。牠聽了,考慮著應該怎麼辦,於是說道:「我應當把這事情報告給那總管創造、保存和毀滅之事的至高無上的主宰那拉耶那,他會解除我們的苦難的。」

因此,鷹王就率領全體的鳥,去對那拉耶那陳訴道:「主啊! 雖然你依舊做著世界萬物的主宰,可是海洋竟敢這樣來欺侮我們!」神把他們的話考慮了一會,就命令海洋把那些蛋交出來;萬水之王將聖旨頂在頭上,遵命交出那些蛋。

那些鳥得到了牠們所要的東西,連忙道謝,各自回家去了。所以我說:「不知道一個人的親戚的性質,我們怎能斷定

他能做些什麼呢?……」「不想到違犯法律而貿然開火的敵人,將遭遇失敗,正如海洋敗在鷂鴣的手中。」

「我們怎能發現那牡牛含著惡意呢?」獅子說。

「殿下,」達馬那加答道:「你看見牠的兩支角對著你,似乎很驚駭地跑過來,那時侯,你就知道了。」

說畢,牠到商齊伐加那裡去;遠遠地望見了牠,牠就走得很慢,裝出受了什麼刺激似的。

「祝你康樂!」商齊伐加非常客氣地說。

「唉!」達馬那加答道:「處於依賴狀態中有什麼快樂呢?因為,『為王侯們服役的人們,其命運握在別人的掌中,他們的心裡一刻也不能安適;甚至於對於自己的生命,他們也沒有什麼把握?』還有,『有錢人那個不高傲?奢侈的人靠了誰的不幸,纔得如此?那一個心從來不曾為女人所苦?那一個是國王所敬愛的?誰不在時間的掌握中?那一個乞丐曾變為要人?那一個墜入了惡人的陷阱中,還能安然逃出?』」

「朋友,」那牡牛說:「請你把這一切的意思告訴我!」

「啊!我的朋友,」達馬那加答道:「我有什麼話可說呢?我真是太不幸了!『現在我像是一個跌在深水中狂呼救命的人;他發現有許多東西倒垂下來救援他,可是他既不放棄,也不抓住它們。』『信任王侯,就要斷送這一個或那一個朋友!我該怎麼辦呢?我該到那裡去呢?我跌在一個煩惱的海中了!』」

說畢,他長歎一聲,就坐下來;商齊伐加請他把這不安的原因說得更仔細些;達馬那加露出很祕密的神情,說道:「雖然洩漏一個人和君王的密談是十分不應該的事,但在我

們的場合，同時也為了我自己此後的安全，我卻不能不把一椿有關於你的安全的事報告你。聽著：殿下對你非常惱怒，已私密地宣告，要把商齊伐加殺死，而請牠的侍從們吃你的肉。」

牡牛聽了這話，非常憂愁；狡猾的達馬那加就大聲說道：「憂愁是無用的，不如採用什麼適切的辦法。」

商齊伐加沉思了一會，纔鎮靜地說道：「一位虔誠的人說過這樣的話：『君王們大半自己先去親近無聊的人，等不到壞人尋找他。財富是守財奴的侍從；上天使雨水豐足地落在高山上！』我自己的意見，是怎樣呢？連我自己也不知道！而且這也不是一件能夠發現的事情。『一個不幸者從他所依靠的人的榮耀中享受到顯赫，將發現這種顯赫與一隻不謹慎的手誤將齷齪的眼藥放在眼睛裡一樣地有害。』可是我仔細想起來，對於我所下的判決是多麼苛刻啊！『盡心竭力奉承著大王，可是牠還是要不高興，這就不懂了；而且這也是空前未有的創舉，你所侍奉的人快要變成你的敵人了！』那麼，這只能當作無法可以解釋的事情了，不過，『一個人發現了一些使他不悅的影跡，便大發脾氣，去追逐這等影跡，結果一定要失敗的。你怎麼纔能使一個無端不快活的人滿意呢？』我沒有因為吃了穀粒而得罪大王呢；或者，王侯們是會無端地變作我的敵人呢？」

達馬那加答道：「正是這樣的！聽我說吧：『有的王侯雖經能幹的人用全副身心去幫助他，還是不滿意；有的雖然當著他們的面做壞事，卻很快活。奴僕的職務非常艱深，即使慣於吃苦生活的人們也很難實行這些職務；因為不是專司一

事的人，必須窺伺主人的眼色來決定他的行動。』還有『在知道美德是什麼的人們中間，美德纔是美德；當美德遇著一個毫無優良品性的人物時，它就變成了缺陷。江河中充滿甘美的水，但這水一流入海中，就喝不得了。』『上百種的良善行為在無聊的人身上消失了；上百種的美妙言辭在愚昧的人身上消失了；上百種的優良品性在毫無優良品性的人們中間消失了；上百句的話在不願談話的人身上消失了；上百種的知識在沒有知覺的人身上消失了。』」

「不錯，」牡牛答道：「『檀香樹上有毒蛇，荷花池裡有鱷魚，在盡情享樂的當兒，有爭論的性質的人們。』去吧，連續不斷的幸福！『假使沙漠變成流質，海洋化為固體，我不知道前者能否行船，後者能否叫做陸地？』『替一個沒有理性的人服役一切都屬徒勞，正如在聾子耳邊吹號，或把一面鏡子放在瞎子面前一樣。』『樹根被毒蛇沾污，花朵被蜜蜂沾污，樹枝被猴子沾污，樹葉被昆蟲沾污；總之，沒有一棵檀香樹不被各種最邪惡的不潔之物包圍著的。』」

「我們的主人，」達馬那加插嘴道：「乃是一個嘴裡含著蜜，心中藏著毒的人，正如古語所說：『遠遠伸出手來迎接的人；眼睛裡時常含著淚水的人；把座位讓一半給你的人；很喜歡緊緊擁抱著的人；談話很和氣的人；時常恭維你的人；這樣的人內部只有毒質，雖然外面塗滿著蜜糖；而且他是非常善於欺詐的。惡人們所諄諄教誨的這種聞所未聞的作偽技術，應該給以怎樣一個名稱呢？』俗語說：『船被發明，來渡過難以走過的水面；燈被發明於黑暗臨近的時候；扇子，被發明於風力不足的時候；損害則被發明來滿足發昏的人的自

尊心！總之世界上沒有一種東西之被發明，其中的意思，不是受了命運的暗示。可是照我看來，通過惡人心中的事物，即使命運自己也無法阻止的。』」

「這有多麼慘酷啊，」商齊伐加大聲說道：「像這樣一個可憐的嚙食青草和穀粒的動物，竟值得由一個獅子來消滅。『兩個有同等力量和地位者的爭鬥，固然是很可觀；要是一個強大，另一個卑微，那就沒有什麼了不起了。』『那一個飢渴而還清醒的野獸，站在西山頂上時，會企圖奔到太陽裡去？蜜蜂只飛到花叢中去覓食。』『受如狂的憤怒刺激著，他跳到高貴的象的身上去；不然就毫不憐惜地離開了他，在他左右的一群無賴中度日子。』『樹木因果實太多而折斷；孔雀因急行而困乏。』『大象好像一個負重的牲畜，應用甘言來誘導。有德者的優良品性，往往是他的敵人。』『一般王侯，唉！都轉掉頭去，不願見具有優良品性的人。婦女們大半喜歡那些喜歡作樂的人。德行能獲得人們歡迎這話是虛偽的；一般人並不把這話當作一個高尚的原則。』」

「很好！」商齊伐加繼續對達馬那加說：「這可憐的僕人對於大王有什麼價值！」「兀鷹可以鵝為大臣和隨員，鵝卻不該以啄食祭品的猛禽為侍從。一個憤怒的隨員會用上一百種的粗暴的言辭；一個有德行的人卻不會因為他的助手孱弱無能，而失去自己優良的品性。」

牡牛又默想了一會兒，繼續說道：「我不知道我有什麼過失傷害大王的感情，以致他對我生氣了！所以對於一位王侯，應該審慎。『君王的感情好像水晶的手鐲，一旦被他的大臣損壞了，有那一個名匠再能把它修補好？』『雷電和君王的威力

都是可怕的！不過前者的怒氣一下子就發洩完了，而後者卻不住落在我們的頭上。」」

又默想了一會兒，牠對達馬那加說：「親愛的朋友啊，在這危急的時候，你應該告訴我，我得怎麼辦纔好。許多從死裡逃生的人是怎麼幹的？」

「雖然事情是同你所看到的一樣，」達馬那加答道：「不過謹慎的人說過：『自己的喪生⋯⋯。』」

「讓我死在戰場上吧，」商齊伐加大聲說道：「因為在我的心目中，死是勝過膽戰心驚地過日子。然而在目前，這教訓卻不很適用了。『如果死了，可以升入天國；如果殺死了敵人，可以享受人生之樂事。這兩種難得的幸福都是英雄們的權利。』『如果不戰一定要死，戰了或可得生，有學問的人就稱此為「唯一戰爭的當兒」。』『當不戰得不到什麼幸福時，聰明人就與敵人相鬥而死。』『勝利時他可得到幸福，死了他可看到天國的美麗。我們的肉體既是這樣脆弱，不能經久，我們又何必害怕戰死呢？』」

「請你告訴我，朋友，怎麼我纔能知他要置我於死地了？」

「當大王豎起尾巴，舉起手掌，張開口望著你的時候，」達馬那加答道：「這也就是你顯示你的勇武的時候。『不怕失敗的人即使沒有精力，也是強者。你看，人們怎樣毫不害怕地把腳踏在灰堆上！』」

不過一切都須十分私密地進行。達馬那加，就到卡拉泰加那裡去；後者問牠事情辦得怎樣了？「唔，」達馬那加答道：「兩人間已造成相互的釁隙。這有什麼可疑呢？」

卡拉泰加說：「俗語有之：『在惡人中間的關係，叫做什

麼呢？受到過分的挑撥時，誰不會發怒呢？有錢人那個會滿足？留心的人那個不會有學問？』又說：『一個人會被狡猾的人弄得悲慘，而由自己心靈的偉大再轉成繁盛。什麼一群惡徒的行為不是像火嗎？（它的特性是消毀那付託給它的事物？）』」

於是達馬那加到獅子那裡，喊道：「敬奏殿下，那邪惡的東西來了！準備起來，等他過來吧！」說畢，他就叫獅子取了以前所說的姿勢。

商齊伐加來了，看見了獅子已變成這樣的狀貌，就也表現出一種挑戰的態度。接著就發生了一場猛烈的戰爭，結果那可憐的牡牛被獅子殺死了；但獅子也非常疲乏，站在那裡彷彿很痛苦，喊道：「啊呀！我幹了一樁多麼殘忍的事啊！『如果天下被別人奪去了，他自己就是禍首。一個王侯犯了法，就像那殺死了牡牛以後的獅子。』『丟掉疆土，或丟掉一個賢慧的僕人，都是很大的損失。失掉忠心的僕人，在君王們看來，等於死亡，等於失掉江山；因為忠心的僕人很難得。』」

「這有什麼希奇啊？」達馬那加大聲說：「很少的人會因為處死一個不忠的僕人而哀悼，實在這是非常不應該的。『無論是父兄、兒子或朋友，如果陰謀傷害王侯的生命，願意保持自己的安全的王侯就該把他處死。』『熟悉正義的法則和政治上利害的人，既不該一味鹵莽，一味嚴屬，又不該隨便饒恕，雖然拿到了錢。慈悲是應當吞在肚子裡的。』『隱士們以饒恕敵人為美德，但王侯們如果對有罪的人表示寬大，那就是缺陷。』『由於驕傲和對於權力的慾望而謀取主人的地位的人，只有一種贖罪的辦法，那就是死！』『心腸軟的王侯，不

別葷素，什麼都吃的「婆羅門」，不受約束的妻子，存心不良的伴侶，不忠心的僕人，以及僭越放恣的監督，都應除去，他們不值得經歷七次的試鍊。」』

　　下面的話把王侯們的舉止描繪得很生動：「王侯的行為好像一個漂亮的妓女，帶著許多種的色彩，真實而又虛偽；粗暴而又溫和；殘忍而又慈悲；吝嗇而又慷慨；用錢奢侈，而又渴望收入豐富的財寶。」

　　獅子被達馬那加的這些花言巧語說得心中鎮定，恢復了原來的狀態，安坐在他的寶座上；達馬那加十分欣喜，祝賀獅子大王的勝利和全世界的太平，此後就隨心所欲地度著他的日子。

　　毘濕奴沙門對年輕的王子們講完了這故事──「摯友的分裂」──他們都說聽了非常快活；他替他們祝福，又把下面的話重述一遍：「願朋友間這樣的決裂只發生在你們敵人家裡！願叛徒們一天天地被時間領到滅亡之域去！願人民永遠豐足，並享人生之樂！願少年人永在這寓言的樂園中找到快樂！」（以上《四部箴》，譯者：伍蠡甫）

附註：本篇所選五則，原為《四部箴》第二部之第六則至第十則，其第一則至第五則之題名為㈠牡牛獅子和兩胡狼㈡猴子和楔子㈢偷兒驢子和狗㈣獅子老鼠和貓㈤窮婦人和鈴。《四部箴》第二部內容與《五卷書》第一卷略同。伍譯缺點，為其中韻文，已改譯成散文格言，未能保持印度原來形式。又伍譯胡狼即為《五卷書》譯文之豺。印度故事中之豺改編為歐洲故事，則往往改用狐狸代之。

一四、印度兩大史詩

　　印度的兩大史詩《摩訶婆羅多》與《羅摩耶那》和希臘的《伊里亞特》與《奧特賽》同樣是世界文學史上有名的偉大史詩。據詩中自述：《摩訶婆羅多》的作者是廣博，全詩長達十萬頌二十萬行，是世界上第一長詩，內容可說是古印度神話傳說及宗教思想的集大成。主要故事是歌詠婆羅多王的子孫潘達閣和庫拉閣雙方所集全印大小數十國在庫盧之野十八天大戰的前因後果，所以也稱《大戰書》。但詩中所推尊的卻是守護神的化身克里史那的業績，而且穿插於史詩裡面可以獨立的故事，重要的還有下列幾種：

　　⑴莎昆妲蘿和杜史揚多的戀愛故事。

　　⑵守護神毘濕奴變魚垂跡的神話。

　　⑶羅摩放逐南征的故事。

　　⑷尸毘王割肉餵鷹救鴿的故事。

　　⑸薩維德麗戰勝死神的故事。

　　⑹納拉和黛瑪鶯蒂的故事。

　　據一般推測，庫盧大戰大約發生於公元前一千年頃，而全詩決非一人一時之力所能完成。在公元前五世紀時，恐怕還只是些用樂器伴奏的口唱短歌，到公元三百年左右，始集合成四萬行完整的長詩，完成今日二十萬行的巨製，而獲第五吠陀之稱，則應在公元第四世紀了。

　　另一史詩《羅摩耶那》，長二萬四千頌四萬八千行。詩中自述作者是隱士梵爾密寇，所詠的故事即王子羅摩放逐南征的經過。這故事同時被攝入《大戰書》中，據推斷，此詩的完成較《大戰書》為早，大約在公元前二世紀。詩中羅摩王子和他美麗妻子息姐，成為印人心目中的模範男女，而詩中神猴哈紐曼更是我國小說《西遊記》中美猴王孫行者的前身。

　　本書只能將《大戰書》中薩維德麗的故事部分的譯文舉例，以見一斑。

一五、史詩《薩維德麗》

1.森林生活

在幽暗而荒寂的森林中，潘達閥兄弟消磨掉長久的歲
月，

在榛莽的懷抱中，他們和美貌的德珞珀姊一同生活；

他們殺戮那森林的紅鹿，砍伐那錯節的林木，

從山溪中她汲取清泉，把粗糲的食物煮熟；

清晨她洒掃那草舍，黃昏她點燃那愉快的火堆，

但當夜闌人靜的寂寥中，她的婦人之心未嘗不悲歡；

她的懷中抱著侮辱的創痛，她披散的頭髮不再梳髻
——

因為她立誓——要等復仇的血手來重新挽結！

每當夜幕降落籠罩住草地與叢林，

德珞珀姊正在草舍邊的樹下烹飪，

律西們常來見和善的堅陣，在他的火旁坐到夜深，

背誦出許多古老的故事，許多古代君王的遺聞。

有一次堅陣想起了恥辱正在鬱悶，

聖律西麥康臺雅飄然前來訪問;

「老丈請恕罪!」堅陣說:「我禁不住淚垂,
德珞珀娣的災難,破碎了流放丈夫的心坎,
賢妻的顆顆珠淚映現出血的顏色,
我的罪過使她遭受放逐,飲喝忍辱的苦汁,
你知道有誰的妻子或一個婦人,哦,律西,偉大的聖哲,
曾被這樣無名的悲哀所打擊,這樣少見的災難所撕裂?
你曾否聽見古代傳說中的正直而忠心之妻子,
有更堅固的愛情,有更憂患的日子?」

「請聽,君王!」律西說:「告訴你一個古昔的傳聞,
怎樣薩維德麗戀愛與受難,怎樣她奮鬥和戰勝命運!」

2.薩維德麗的故事

古老的時候錦繡的瑪特拉 (Madra) 國有一位國君,
忠誠於神聖的婆羅摩,純潔的心和正直的靈魂。

他是光輝神明的祭禮者,四海兄弟的援助者,
無論在城市或鄉村,宮廷或隱舍,人們都愛他,

但是這位國君亞沙巴替 (Aswapati) 無子也無女,
老來的苦痛緊逼著,眼看他的一生快要過去!

他立誓苦行,遵從虔敬的規律,
齋戒減食,實行各種神聖的儀式,

禮拜諸神，對薩維德麗高唱神聖的讚歌，
謙卑而勇敢地他整天的絕食而不怨訴！

年復一年的加深他的道行，增長他的功德和法力，
最後薩維德麗女神將他祭告的至誠笑納，

從祭臺的火焰中放射出一道神聖的光彩，
美女形體的薩維德麗女神跳出來！

用溫和的音調她說話，稱讚他的勇敢與善良，
稱讚他的儀規和苦行，答應給他一個恩賞：
「苦行和祭禮能感動神明，
你行為的純真證明你心中的感情，
亞沙巴替王，你可向創造神請求你的恩賞，
對德行的神聖命令要真實，說你心願的最最理想。」

「要一個勇敢而可以為王的子嗣，」這位聖王祈請：
「神聖的儀規和祭禮以及苦行我曾履行，
假使這些儀規和祭禮感應了你的慈悲與恩寵，
祈禱的女神，允諾我子嗣，適合我高貴的血統。」

女神說：「可以達到你的目的，瑪特拉的誠心國王，
我帶給你自我創造者的賞賜，允諾你的願望，
他聽取像你這樣出於誠心的凡人的祈禱。
他願意，——一位高貴的女兒光彩你榮譽的王朝，
快活而感謝地接取我帶給你的賜福吧，亞沙巴替，
歡喜而靜默地向宇宙之王敬禮！」

於是女神消失，亞沙巴替，馬之主，
那高貴的國王，返回他莊嚴的城市。

希望的日子和愉悅的夜瑪特拉快樂的國王消磨去，
最後他的王后可喜地懷孕了高貴的子女！

像月兒的每夜增長起來驅逐那暗夜的朦朧，
胎兒順利地孕育在快樂母親的腹中，

等到足月的日子誕生一位蓮眼的女孩，
父親的希望和母親的歡喜，這賜與是天上諸神的慈悲！

用快活和感謝的心，國王舉行祭禮迎接嬰兒的出生，
用他們善意而親切的願望，人民祝福這可愛的生命，

因為女神薩維德麗帶給這美貌的女嬰，
婆羅門命名她叫薩維德麗，仁厚天國的神聖禮品！

這女孩長大起來格外秀麗，如天上的女神，
每一季節的過去增加她新的嫵媚，深的愛情，

青春帶來格外可愛的嬌美，有如花蕾的展瓣輸香，
纖細的腰肢圓熟的胸膛，有如擦亮的金像，

「天生一個女神，」這讚美的話不脛而走，
被她的華麗所眩目，求婚的王子們不敢啟口，

在一個晴朗的佳節般的日子，風光真好，
剛沐浴過後，美麗的少女去祭臺邊祈禱，

把糕點和純潔的供物合式地飼育那聖火發旺，
於是她像女神在天國的光輝中，前去見父王，

她默默地俯身，把聖花在他腳邊放下，
她溫順地合掌，她親切地禮拜，

用父親的得意臉色，國土的統治者凝視著她，
但因為尚無人來求婚，又逗留著一陣憂愁的神態。

亞沙巴替低語：「女兒啊，我想現在時候已來，
你應揀一位王子做丈夫，去增光你男家的門楣，
你自己去揀一位值得配你的高貴夫君，
揀一位誠實而正直的國君，他的國家的驕傲與光榮，
好女兒，憑你的愛心去揀中，
你父親將給你祝福而贊同。
因為這是我們聖經所認可，聖僧所陳述，
負責的父親看到他女兒的結婚生活，
負責的丈夫看守他配偶的情態，
負責的兒子侍奉他母親的寡孀時代，
所以我的愛女，揀一個親愛的夫君，
這樣你的父親才對人對天都可安心。」

美貌的薩維德麗向他俯身，請求祝福她的離去，
於是她離開她父親的王宮，漫遊遙遠的地區，

跟隨著她的是她小心父王所派衛士與老臣，
登上她的宮車走進蒼鬱的森林，

遠遊愉悅的林地和草澤，日復一日，
進入隱區，進入修道院，她虔誠的心不滅，

她常居留在神聖清流洗刷的聖舍中，
她給飢餓的人們以食物，施捨財物超過他們最稱心的
夢，

許多月分過去了，有一天這事情如此發生，
國王和律西那羅陀同坐在王廷，

遊歷了遠近的旅程，各處的名勝，
美貌的薩維德麗和大臣一起回返她父親的王城，

來看她的父王，律西那羅陀坐在他身邊，
她俯首致敬拜伏在他們的腳前。

3.短命新郎

「她從那兒來？薩維德麗被領過到何處去？」那羅陀發
問。

「為什麼薩維德麗還沒有和一如意郎君結婚？」

仁德的國君回答：「美麗薩維德麗已長期漫遊，
也曾停留在聖舍；去選擇她的主人與配偶，
女兒啊！對律西說話，報告你的選擇和私密。」

於是一陣紅暈泛上她的兩頰，柔和而緩慢的聲音發出：
「父親啊，請聽！薩爾華 (Salwa) 的君主從前是一個有
權力的國王，

正心的德佑麥賽那 (Dyumat-sena) 卻柔弱而目盲，
敵人搶奪了他的國家，當他雙目失明了以後，
這國君被迫離開他的城府和廣衰的帝國而出走，
帶著他的王后和嬰兒，這柔弱的國君流浪，
森林作為他的王宮，他的乏力的前途渺茫，
他立下了誓言，度過餘生遵守苦行，
在野林中哺育了他的嬰兒，用野果養他的夫人，
嚴格的苦行經過了許多年頭，現在他的兒子已長成，
薩德野梵，真理的靈魂，他被擇為我的丈夫與主人！」

律西那羅陀沉思，他說出了憂傷的言辭：
「憂患的災難正等著薩維德麗，假使她嫁給這位年輕
的王子，
愛真是他的父親，忠誠是那位老夫人，
真理和美德支配他的行為，薩德野梵，他的名字真神
聖，
幼年時代他喜歡駿馬，樂於描繪牠們的風姿，
因此人家稱他為少年謙德拉史華 (Chitraswa)，愛藝術
的勇敢孩子，
可是，哦，虔心的國君！美麗薩維德麗事實卻很危險，
已交了壞運，遭逢到憂患的災難，只為那位高尚而勇
武的青年！」

「告訴我，」君主發問：「因為你的意思我不能妄猜，
為什麼我女兒的行動帶來了憂患的災難？
這青年不就是高尚之光彩，富有藝術的天賦嗎？

得到智慧和技術的祝福，堅忍於他無畏的心嗎?」

於是律西說:「他照射著太陽神的光彩，
勃律赫斯巴諦 (Brihaspati) 的智慧，留居在年輕王子的腦海，
他的技藝似馬亨特拉 (Mahendra)，他的堅忍有如大地，
不過，哦，國王! 憂患的災難在這位文雅的青年出生之日已誌記!」

「告訴我你的道理，律西，」擔憂的國君高喊:
「為什麼對這樣一位偉大與天才的青年不可和這少女相配?
不是他的寬大適於做君王，慈悲是他的心腸?
不是他通曉聖典，意念公平而面容漂亮?」

聖律西說:「他有朗梯提婆 (Rantideva) 般施捨的慷慨，
通曉典籍有如國君西維 (Sivi)，他領導諸王於古代，
像耶也帝 (Yayati) 般心地開廣，像姉陀羅般善良，
光煥的容顏像年輕的天神阿須雲般漂亮，
謙讓而慈悲，配合著耐心的美德，他控制著高尚的精神，
謹修著善行，正直地交友，永遠和氣待人，
森林的隱士們都稱讚他正直的真理，
可是國王啊，你的女兒嫁給這位高尚青年則不相宜!」

「告訴我，律西，」國王說:「別把你的感覺隱蔽，
是否這位王子有致命的缺陷，為何這婚姻要放棄?」

「致命的缺陷!」律西呼喊:「缺陷掃光了他一切的優美,

這缺陷非人力所能克服,也非祭禮或苦行所能挽回,

致命的缺陷,註定的禍害! 這是上天所決定,

就在這一天,十二個月以後,這位惡運的王子行將喪命!」

受驚的國王駭怕得顫慄變色,急忙地說:

「如此短壽的新郎,我的孩子再也不能嫁得,

來,薩維德麗,親愛的女兒,另擇別的幸福郎君吧。

律西那羅陀預知吉凶,應得聽取他的說話!

種種的優點,種種的美德都被殘酷的命運一筆勾銷,

就在這一天,十二個月以後,那王子便將塵世的生命失掉!」

「爸啊!」少女這樣回答,她的音調柔和而憂戚:

「我已聽到你可敬的命令,神聖律西善意的勸說,

請寬赦無知女兒的心意,僅在天眼之下,

一個少女只選婚一次,並不給她兩次的婚約啊,

不論他的壽命長久或短促,他的福澤宏大或淺薄,

婚約已議訂,薩德野梵總是我的夫君,在我的心目,

一個少女心中所抉擇,她的口中便直說,

你可憐的薩維德麗即趨入荒野,我願從他始終如一!」

「君主啊!」於是律西發言:「她是滿心滿意,

不忘她的婚約,看來忠實的薩維德麗永遠不肯把它放

棄，

讓忠實的少女嫁她自己所選，

成全她對薩德野梵守信的美德，其餘的委諸仁慈的上
天！」

「律西，神聖的導師！」於是悲泣的國王祈禱：

「願上天轉移一切將來的惡運，我服從你的訓導！」

那羅陀祈禱國王快樂，祝福相愛的少男和少女，

在他們的婚禮上每一個森林的隱士熱烈地贈送頌語。

4.命運的襲擊

十二個月同她自選的忠實夫婿住在幽暗的森林，

豔麗的薩維德麗將她的思想行為和言辭來侍奉他的雙
親，

樹皮做的衣裳覆蔽她美麗的胸膛，

或則穿上修道聖女們打扮的紅裝。

她以熱愛而可誇的孝順服事老年的王后，

服事失明的老王有如他親生的女兒在旁侍候，

並以摯愛和溫柔來取悅她的丈夫，

但在暗中，朝朝暮暮，她憂慮著那羅陀的吩咐！

將近那羅陀所說的命定之晨，

美麗的薩維德麗天天計算著，她的心鬱結而鎮靜，

只剩了短短的三天！她立下了嚴酷的誓言，
三宵都實行苦行，神聖的絕食和淒涼的徹夜不眠。

國王聽到薩維德麗的嚴格苦行，十分擔心，
慈愛地對她勸說，要她把誓言變更：
「高貴的女兒啊，苦行是艱難的，而婦女的肢體又嬌
嫩，
三夜的絕食與不眠，你軟弱的健康將毀損。」

「親愛的父親，不用擔心，」薩維德麗這樣溫順地祈請：
「苦行我能擔當，將在諸神之前執行。」

於是國王不再遲疑，給她以不放心的勉強的許可，
絕食與蒼白的臉色，看不見的淚滴，寂寞的長夜她消
磨，

格外接近那命定之晨，就在明天他將喪命，
黑暗是靜夜的漫長鐘點！無淚無眠是她一雙期望的眼
睛！

「破曉了，那可怖的命定之晨！」面無血色的薩維德麗
勇敢地自言，
默默地祈禱她熱切的祈禱，俯伏在火燄之前，

溫文而和善地頂禮森林的諸位婆羅門，頂禮高堂的雙
親，
靜默著恭順地佇立，合掌以致敬。

「祝你白首偕老，」隱士們和老年的婆羅門都熱情地，
用日常的晨間祝詞祝福薩維德麗，

哦！ 這句祝詞對她似旱地的甘霖，
掙扎的希望注入她的胸膛，有如飲吸了這些好音，

但當回復那律西那羅陀所說的灰暗記憶，
她失色地注視那爬升的日光，凝看她命運已定的夫婿！

「女兒啊，現在你的絕食期已過，」慈愛的雙親勸告：
「進你苦行以後的食飲吧，因為你已做了你的晨禱。」

薩維德麗說：「讓改天再進食吧，原諒我，父親。」
她噙著盈眶的眼淚，在朝日的光裡閃耀得晶瑩！

薩德野梵鎮定而莊重地把沉重的斧頭架上肩膀，
平靜而雄健地步向遠處的黑暗林菾，

這時薩維德麗走向他，柔聲地發言，
她的額頭輕輕地靠在他寬闊的胸前：
「我常想一看陽光不能潛入的荒林，
今天讓我去，夫君，帶我到深林去一行！」

「愛啊，不要來，」他用親愛丈夫的關心柔和地回答：
「你完全不慣這種工作，森林的荒徑也會把你驚駭，
因為前幾天的絕食和守夜，你的臉兒蒼白無血色，
你的腳步軟弱而無力，荒林的小徑你不能走得。」

「絕食和守夜使我更強健，」用妻的自負她爭辯：

「我不會覺得辛勞或倦怠，當你在我身邊。
我有一個女子的渴望要和丈夫一同去把道路探尋，
答應我，親愛的丈夫，今天讓我和你同行！」

於是他把雙手握住她的雙手作答：
「要漫遊無人跡的森林，去徵求我父母的同意吧。」

於是薩維德麗向國王提出了她渴望著的奇異要求，
行過孝道的敬禮之後，她這樣恭順地啟口：
「我的丈夫到森林去樵柴和採果，
假使高堂雙親應許，我將跟在他身後，
十二個月來薩維德麗常盤桓在這狹窄的矮房，
只忠心地蟄居在這簡陋的村莊，
為了採集祭火的柴薪我的丈夫走向那寂寞的路徑，
懇求我慈愛的雙親，讓我今天跟他同行。」

慈愛的國王作答：「薩維德麗自結婚以來，
從未心想私下有所請求，或者因事而感歎，
女兒啊，你的要求是允許了，平安地漫遊於森林，
平安地仍和你的丈夫一同覓路回村。」

向她慈愛的雙親拜別，薩維德麗便移步出動，
在她蒼白的臉上露著笑容，在她內心之中充滿著苦痛，

她四周是花開綠林，上覆著無雲的印度之天，
成群的華美孔雀飛展在她好奇的眼睛之前，

林地的小溪和晶瑩的清泉，潺湲地流瀉過岩石水床，

綴花的山頭屹立在面前，因露珠而閃光，

處處樹叢中有彩羽的歌鳥囀弄著妙音，
甜蜜的語聲灌入她耳中，發自她丈夫撫愛之雙唇！

但薩維德麗仍用顧慮的眼看守住她親愛的致命之主
人，
憂愁的連枷鎖結在她胸中，她蒼白的嘴唇默不作聲，

她雖聽著她丈夫的說話，仍一心焦急地思念，
當她默默前進時她悸動的心胸已割裂成兩片！

王子愉快地採摘野果盈筐，
用力砍伐那交錯的樹枝也熟練而不慌忙。

後來疲乏中他覺得頭痛，汗珠掛在他的額前，
他沮喪地對薩維德麗訥訥而言：
「親愛而忠心的妻啊，我的額頭痛得好緊，
我覺得有一百枝針刺我，難受得要命，
我軟弱的腳難於舉步，眼前在地轉天旋，
我想好好地睡一會在你的身邊。」

在狂亂而無言的恐怖中，蒼白的薩維德麗上前扶將，
她扶他躺在草地，把他的頭顱枕在她膝上，

她凝視著他的臉兒，把那羅陀的預言記省，
死灰色的額頭，燃燒的嘴唇，陰暗而潛移的樹蔭，

緊抱他在急跳的心胸，喘息著俯吻他的嘴唇，

寂寞的森林更見陰沉，他已睡入長眠的不醒！

5.戰勝命運

陰森而可怖地，在幽暗的懷中顯露出一個幻象，
朦朧的形體穿著墨黑的衣裳，一頂王冠戴在他的頭上，

黑色光彩的閃爍形象，血紅色的幽光是他的眼睛，
他手中是一條繫命的繩索，冷酷而神聖，陰沉而高峻！

靜看著死者，他嚴肅地站著默無聲響，
薩維德麗輕輕地把她丈夫的頭移放在青草地上，

一陣恐怖使薩維德麗戰慄，但是一個女人的愛，堅強
萬分，
兩手按著胸膛，她用抖動的聲調上前問訊：
「你有超人的丰采，想來你是一位顯赫的神明，
請留下你光輝的大名，告訴我因何而大駕降臨?」

「我是有名的死亡之大王，」閻摩 (Yama) 這樣回答：
「我引導凡人離開塵世的家，進入我的黑暗境界，
只為你用婦人的全部恩情愛你的夫君，
因此閻摩在你忠實妻子的面前顯形，
可是今天，他的陽壽他的愛都已終結，他離別他忠心
的妻，
用這條繩索我繫住他不滅生命的元神帶去，
美德點綴了他的行為和生平，他王子的心白璧無瑕，
因此我特地來到人間，公主啊，讓你的丈夫走吧!」

王子的身體蒼白無血色，冰冷地靜默無聲，
閻摩取出他小於拇指的靈魂，那生命的元神，

把繩索繫住了靈魂，悄悄地走向他黑暗的路途，
留下了無氣息的屍體，任它僵硬冰冷而腐臭，

閻摩帶了青年人的靈魂走向南方，
因為婦人之愛的堅毅，忠實妻子追蹤在他身旁。

「回去吧，薩維德麗，」閻摩開口：「因為你愛過的丈
夫已仙逝，
對命運註定的人們應該即舉行葬禮以盡人事。
因為你做妻子的責任已告終，跟隨著我也是無用，
生存世間的東西，不可走得更遠，把閻摩王來追跡！」

「可是我不管這些，我只跟隨著我丈夫的生命，
上帝的法律不把仁愛的人和忠實的妻子拆分，
只為一個婦人的真情，只為一個婦人的聖潔悲哀，
請你大發慈悲，答應我仍跟他同走莫回！
我們人類的責任有四重：初步是研究聖訓，
於是做一個善良的家長，在門口施食那些窮人，
於是消磨歲月於苦行，最後傾注我們的思想向高位，
不過品德的終極目標，只是真理和不滅的愛！」

「你的箴言，真實而神聖，」傾聽著的閻摩答覆：
「這些話使我心中愉悅，而且十分誠服，
美麗的薩維德麗，我將賜福於你，

但死者不得復生，你可以有別種要求，忠心而貞德之
妻!」

「感謝你的恩賜，閻摩，」好薩維德麗便這樣對付：
「我的請求是關於我丈夫被放逐的老父，
失明的國王住居於陰暗的森林，衰弱而姜懦，
答應他恢復視覺，答應他恢復精力，哦，仁慈的閻摩!」

閻摩答道：「孝順的女兒，我已允許你虔誠的願望，
他的眼睛馬上會重睹歡快的天光，
回去吧，薩維德麗，已經軟弱而乏力，跟隨著我也是
無用，
生存世間的東西，不可走得更遠，把閻摩王追蹤!」

「薩維德麗從不軟弱從不乏力，」高尚的公主依然緊隨
不放：
「自從侍奉她的丈夫，仁慈的死亡之大王，
結髮夫婿的遭遇就是忠實妻子的遭遇，
不論死亡或生存，他到那兒她也總歸跟去!
我們的聖經規定，我們的可敬律西們背誦，
短暫的和神聖會面，帶來了福澤無窮，
和神聖連結長期的友誼，滌淨了凡人的罪愆，
和神聖經久的聯合是在大地上的光明之天，
和純潔與神聖的聯合是永恆的天堂生命，
上帝的法律不把仁愛的人和忠實的妻子拆分!」

閻摩說：「你的話是有福的，你的可敬的思想是有福的，

裝載著高度的純正智慧，在你神聖的教訓裡，
美麗的薩維德麗，我將賜福於你，
但死者不得復生，你可以有別種要求，忠心而貞德之
妻！」

「感謝你的恩賜，閻摩，」好薩維德麗這樣對付：
「我的請求仍是關於我丈夫的被放逐的老父，
失國的國王居住在陰暗的森林，衰弱而姜懦，
答應他恢復他的財富和國土，哦，仁慈的閻摩！」

閻摩答道：「親愛的女兒，我贈給他財富和國土，
回去吧，薩維德麗，陽間的活人不可跟隨著閻摩！」

依舊溫順的忠心的薩維德麗跟隨她逝世的主人，
依舊用高度的智慧，閻摩傾聽她聖哲般的言論，

於是黑色王被征服，他再度回頭向她溫語，
於是他的言辭向薩維德麗傾吐，有似涼快的夏雨：
「高尚的婦人，說出你的願望，說出你請求的高超目
的，
可敬的凡人對天上諸神的請求將不被拒絕！」

於是薩維德麗祈請：「你已經允許了父親國土的恢復，
允許了他的盲目重新獲得歡快的視覺，
請再允許他的王統不致就此中絕，
願薩德野梵看到他的王國由他的兒子承襲！」

閻摩答道：「你的目的可達到，你的丈夫將甦生，

他將及身成為一個父親，他的孩子會將王位來繼承，
難道一個婦人的操守不長於生命的短暫之呼吸？
難道一個婦人的深愛不高於死神的判決之權力？」

6.回　家

於是黑色王消失，薩維德麗也急奔歸程，
找到無生命的丈夫依舊躺在茂密而幽暗的深林，

她坐下草地在冰冷無知覺的屍體一旁，
謹慎小心地將她配偶的頭部在她膝頭安放，

真情的接觸，把他的生命震醒過來，
王子凝視著他的妻子有如從遠方歸來，

「是否我躺下睡得太久了，親愛薩維德麗，忠心的妻？
我夢見一位黑色王把我繫在一條攝命的繩裡！」

「枕著我這膝頭，你躺在地上已很久，
至於那黑色的人，夫啊，他已去了，他確曾來過，
如果你覺得輕健些，請站起來離開這幽暗的森林，
因為暮色已在籠罩下來，我們要走又黑又長的路程。」

像酣睡初醒，年輕王子坐起來環顧四周，
看見那綿延的荒林幕蓋著一片昏黑的地土。

「是的，」他說：「現在我記起來了，親愛的忠實夫人，
我們因尋求水菓和柴薪來到這荒寂的森林，
當我砍伐那多節樹枝，我的頭腦忽然劇痛，

一陣昏暈，我躺下在綠色的草地之中，
枕在你溫柔的懷中，撫慰在你溫柔的愛裡，
我的疼痛減輕，瞌睡便從天上降落我的身體，
於是我眼見一切昏黑，墮入一個瞬逝的夢境，
神祇或是幻影，黑暗而且可怖，隱現在深林的濃蔭，
這是否一夢，我親愛的薩維德麗，你是否見到這幻影？
告訴我，因為我的眼前，似乎這幻影仍然留存！」

薩維德麗說：「黑得緊了，黃昏快變深，
到明天晨光再臨，我將全部的情景細陳，
現在站起身來吧，黑暗已密集，一會兒便成深宵，
你懸念的慈愛雙親，要焦灼地等待你了，
你聽那森林的游擊隊，牠們的聲音是多麼驚心！
荒野的黑夜巡劫者，牠們的行動是多麼駭人！
那邊的林火正旺燒，我看見了遠處的閃光，
勃發的晚風助長得烈焰赤紅而熾狂，
讓我點著一枝燃燒的火把，準備一支照路的明燈，
將這些落下的枯枝驅逐那昏夜的黑影，
但是如若你的腳步還軟弱，——我們的道路長而崎嶇，
——
夫啊，那麼在火邊歇息，待明天再歸去。」

「為我的雙親我憂慮，」薩德野梵作答：
「我心苦痛，我懷渴念，讓我們疾行趕回村舍，
當我逗留在森林，不論是白晝或露洗的黃昏，
我的雙親非常擔心，常向各隱區多方探尋，

用父親的溫語譴責，用母親的慈愛憂急，
責罵我遲緩的腳步，浸潤我以他們的淚滴！
試想父親的憂愁，母親的焦灼的情景，
假使現在我倆度過這長夜在遠處的荒僻深林，
親愛的妻啊，我不能推測有什麼禍害，或者憂慮的重載，
有未知的艱危，不測的憂患，就是現在，我雙親正分擔！」

從他男兒的眼眶，落下了孝子之憂的顆顆淚滴，
鍾愛的薩維德麗溫語安慰，輕輕地把他的淚珠揩拭：
「信託我，丈夫，假使薩維德麗已盡忠她的愛情，
假使她已用虔敬的祭品，供奉了上天的正神，
假使她已用姊妹的情分去對待人們似兄弟，
假使她已能言行都依從神聖的真理，
不是憂患或災難，而是未知的宏福，廣大的欣喜，
今夜正侍候著我們的雙親，放心吧，信託你一向忠實的妻！」

於是她起立挽她的髮髻，溫柔地扶起她的夫君，
用撫愛對看他的眼睛，兩人同行在無路的荒林，

他彎環的左臂纏繞上她的後頸，成為溫柔的擁抱，
她的右臂圍住他的腰部，成為甜蜜的交織之回報，

這樣他倆在黑暗的森林前進，上面有靜寂的星星照臨，
那靜寂而震顫的子夜看守著薩維德麗的不死之愛情！

譯者註： 此篇係根據洛美史達德譯文之全譯，惟達德之英譯，尚
非全譯，今姑從之。

一六、大戲曲家加里陀莎

　　歐洲第一次知道印度古劇，是從一七八九年出版瓊斯爵士 (Sir William Jones) 所譯加里陀莎的《莎昆姐蘿》始。因這劇本的發見，在歐洲智識分子間，產生了騷動性的事件，隨即這書出了好幾版。從瓊斯爵士的譯本的轉譯也出現了，有德文、法文、丹麥文和意大利文。歌德受到強烈的感動，他大大地讚賞《莎昆姐蘿》。據說他在《浮士德》用開場白的動機是胚胎於加里陀莎的開場白，而加里陀莎的開場白是依照梵文戲劇的一般傳襲而來。

　　加里陀莎被承認為梵文文學的最偉大的詩人和戲曲家。勒維教授 (Prof. Sylvain Levi) 說：「加里陀莎的名字支配了印度的詩歌並光輝地賦它以生命。他的戲劇和巧妙的詩篇至今仍證明他偉大天才的權力與適應性在無數薩拉史華蒂（Saraswati，學識與藝術之女神）的生徒之中只有他有創造真正純美傑作的幸福。由那傑作，印度得讚歎她自己，人類得認識他自己。歡迎《莎昆姐蘿》在烏查因的一角落彌漫到另一角落去。加里陀莎贏得燦爛的金牛星座（Pleiades，法國用以指古典派七詩人——編者註）中的位置，星座的每一顆星的名字代表人類思想的一個階段，這些名字的系統，創造歷史，更正確地說，就是歷史的自身。」

　　加里陀莎寫了好幾本戲曲和幾首長詩。他生存的時期不

能確定，但很可假定他大概是公元四世紀末年是在烏查因 (Ujjayini) 的，當笈多王朝旃陀羅笈多二世毘訖羅摩迭多在位時候。相傳他是毘訖羅摩迭多朝廷的九珍珠之一。而且無疑地他的天才被賞識了，他在世時就得到最高的名望。他是幸運兒之一，可說是天之驕子。他體驗了生命的美麗與溫柔更多於苛刻與粗暴的邊緣。他的作品表達這生命的愛，和對自然美的熱切愛好。

《雲使》(Megha-duta) 是加里陀莎的長詩之一，內容敘述一人因被監禁而和他的愛人隔絕，時當雨季，他求一朵雲把他的極度思念的訊息帶給她。對於這首詩，對於加里陀莎，一位美國學者賴度 (Ryder) 曾給與光榮的讚賞。他指出這詩的兩部分說：「前半部是描寫自然的外表，而交織於人的感覺中；後半部是一幅人心的圖畫，而這畫以自然美為框。這東西是如此的精美，以致無人能說出那半部比較高超些。許多讀過這首完美之詩的原本的人，有的被這一部分感動，有的卻被別的部分感動。加里陀莎在五世紀已懂得歐洲直到十九世紀還不懂的東西，就是現在還沒有完全懂得。那是世界並不是為人類而創造，那是只有當他承認生命的莊嚴與價值不是屬於人的時候，人才會達到他最高的高度，而加里陀莎把握了這個真理。這對他的智力是一個偉大讚賞，這性質對於偉大的詩歌是十分的需要，正如需要形式的完美一般。詩的流暢並不希罕，智力的把握也很平常；可是兩者混合卻從世界的開始迄今只有大概一打的數目。因為他有這種和諧的混合，加里陀莎不只和阿那克里昂 (Anacreon) 賀拉西 (Horace) 及雪萊相等，而是和索福克儸 (Sophocles) 味吉爾 (Virgil) 及

米爾頓並肩。」

加里陀莎的戲曲除《莎昆妲蘿》外，尚有《勇健與廣延》(*Vikrama and Urvashi*)、《摩蘿毘迦與火天友》(*Malavika and Agnimitra*) 兩部名著，詩歌除《雲使》外，尚有《時令之環》(*Ritu Samhara*)、《童子的出生》(*Kumara Sambhava*)、《羅怙系譜》(*Raghu-Vansa*) 等長詩。

加里陀莎的天才是無比的，他的作品，除配合上能天人相接，七音和諧外，在時間上是永恆的新穎，在地域上也富於多樣的適應性，例如《莎昆妲蘿》一劇，既洋溢著詩意，又有西洋現代劇的技巧，同時也有中國式的人情味和風雅情調，其中如蓮花題詩，可與我國的「紅葉題詩」媲美，抑且更加豔麗。餘如以指環上的字數來計日盼情人等都是最合中國人口味的，至於以姊妹待花木，野獸的依人如親屬，這種高度的愛，又表現了印度的特色，難怪印人要自負，以為印度的加里陀莎是超過了英國的莎士比亞的。

我們從加里陀莎的作品中，可以看到古代印度社會情形的寫照，以及了解他們宇宙觀人生觀等哲學思想，泰戈爾的論文《莎昆妲蘿的真實意義》，是一篇最好的參考文字，這篇文章，我已譯出放在拙譯《莎昆妲蘿》戲曲的卷首，它教給我們讀印度古代作品時揚棄其中迷信觀念的外象，推求出含蘊著的人性之本相來。

一七、加里陀莎的代表作 《莎昆妲蘿》

開場白

願自在天在八種方式裡守護你們，
他在我們這世界因創造而知名；
第一種是水；還有是火，由它祭祀得以合式地舉行；
是祭司，由他把供物獻置在神前；
是太陽和月亮，制定塵世的時間；
是「以太」伸展在宇宙間，使聲音能誕生；
是大地，滿布這宇宙的萬物之根源；
或者最後是空氣，將一切的生物灌注以生命。

（祝詞完畢時，劇臺經理已在臺上。）

劇臺經理　（向化裝室探望）小姐，你化裝好了請到
　　　　　這裡來。

　　　　　（女演員上場）

女 演 員　先生，我來了，有什麼事命令我做？

經　　理　小姐，我們在這許多有識之士和鑑賞家面
　　　　　前，要上演加里陀莎編的新戲曲《重認莎
　　　　　昆妲蘿》(*Abhignana-Shakuntala*)，每一位
　　　　　演員都要特別賣力。

女 演 員　先生，你卓越的排演，不會出什麼岔子的。

經　　理　好小姐，我告訴你老實話，
　　　　　雖然每一個演員業經嚴格訓練他，
　　　　　不能自己以為白璧已無瑕，
　　　　　除非觀眾的喝采報告你表演得很到家。

女 演 員　是的，先生。那麼怎樣開始呢？

經　　理　先把你清脆的嗓子，滋潤一下觀眾的耳朵。

女 演 員　我唱什麼季節的歌呢？

經　　理　為什麼不唱迎夏曲呢？那是很悅耳的。
　　　　　現在夏天來了，全身浸在水裡多麼寫意！
　　　　　田園的清風吹拂著，帶來牽牛花的香氣，
　　　　　濃蔭遮蔽的靜寂涼亭，攤開四肢午夢睡一
　　　　　覺，
　　　　　待炎炎的烈日西沉，安眠得透頂舒服。

女 演 員　好得很。（唱）
　　　　　日落西山一點紅，
　　　　　香閨小姐拈花在手中，

> 對鏡把花鬢邊插，
>
> 不道惹來採蜜蜂。

經　理　妙啊！觀眾給你的歌聲快感到著魔了，你看，他們都呆呆地坐著，簡直像一幅畫定的畫兒了。現在，我們要怎樣來維持他們的好感呢？

女演員　不是你剛才報告過我們上演新戲曲《重認莎昆妲蘿》嗎？

經　理　是的，我記起來了！

> 你的歌迷昏了我的頭，
>
> 正如我們劇中的國王被小鹿引迷了路。（同下）

　　　　　　　　　　　　　（開場白終）

一八、佛教大文豪馬鳴

——附《佛所行讚》譯者曇無讖簡介

　　馬鳴 (Asvaghosa) 是佛教大乘派的著名大師，他是最有名的佛教大文豪。他是在加里陀莎之前一位最卓越的梵文文學家，一般學者，承認他是公元一世紀末年到二世紀中葉的，因為相傳他是迦膩色迦王的教師或御前詩人，而迦膩色迦王在位的年代約當公元一二五年至一五〇年。

　　馬鳴的生平事跡，我們知道的不多，只知道他本來是出身婆羅門，博通吠陀經典，他的異名有黑難伏、難伏黑、勇母兒、綵慧等，後為脅尊者所化而歸依佛教。他於小乘說一切有部出家，提倡對於佛教的敬信，而最後成為建立大乘佛教的柱石。我們從《大莊嚴論經·序》中，可知他師事富那與脅尊者兩位佛教大德，又學化地部、一切有部等，所學甚廣，不拘於一宗一派，所以能有獨特的成就，但我國所傳《大乘起信論》一書題為馬鳴所造，經今人考證，乃國人所撰述。

　　馬鳴的作品，曾譯成中文的有《佛所行讚》、《百五十讚佛頌》、《大莊嚴論經》、《本生鬘論》等。前兩部為純粹之長篇頌文，後二部則係韻散交錯體。最後一部《本生鬘論》，除其開始一部分外，已無現在梵文本供對照，所以有人懷疑後面的部分或者是譯者所加添。

　　《佛所行讚》(Buddhacarita) 是長篇敘事詩，描寫釋迦牟

尼的生平，自乘象入胎，直到雙樹示寂，每句每節都寫得非常優美流暢，唐高僧義淨說這詩流布區域很廣，自五印度以至南海諸邦，均有大批的愛讀者，中文本係曇無讖所譯，現存《大藏經》第四冊《本緣部》中。

《佛所行讚》是馬鳴的代表作，《大莊嚴論經》內，有很多趣味濃厚的故事，我國梁啟超氏稱它是儒林外史式的一部小說，但馬鳴的第二部文學名著當推《孫陀利與難陀》(Saundarananda Kavya)，這也是敘事詩，帶著很濃重的戲劇意味，詩中描寫孫陀利與佛的堂弟難陀的戀愛事跡，頗為生動。

馬鳴也是印度的劇作家，近年從新疆吐魯番發現的古籍中，呂德 (Luders) 教授找出馬鳴所作的劇本《舍利弗所行》(Sariputra Prakana)，劇共九幕，內容是佛的兩個大弟子舍利弗與目蓮 (Maudgaiyayane) 二人間的對話，這是佛教的戲劇，而也是現在留存的印度最古的一部劇本，現已印行。

馬鳴《佛所行讚》的譯者曇無讖為東晉時北涼高僧，一作曇摩讖，中天竺人，幼出家，聰敏出群，年二十，誦大小乘經二百餘萬言，明解咒術，所向皆驗，西域號為大咒師。尋由龜茲至張掖，沮渠蒙遜接待甚厚，自玄始三年至十年（公元四一四一四二一年）為譯《大般涅槃經》四十卷（涅槃正本），《大方等大雲經》四卷，《大方等大集經》三十卷，《三戒經》三卷，《金光明經》四卷，《悲華經》十卷，《楞伽經》四卷，《佛所行讚經》五卷，《菩薩地持經》八卷，《優婆塞戒經》七卷，《菩薩戒本經》一卷。曇無讖之譯「涅槃」與鳩摩羅什之譯「般若」，同為五世紀初年譯界之大事。曇無讖譯經

頗為慎重,《高僧傳》載:「沮渠蒙遜欲請出經本,讖以未參言,又無傳譯,恐言舛於理,不許即翻,於是學語三年,方譯寫涅槃初分十卷」,其後魏太武聞其名,遣使迎請,蒙遜終不遣,曇無讖固辭西歸,蒙遜怒,遣刺客於途害之,時公元四三三年也。

曇無讖之譯《佛所行讚》,用五言無韻詩體,風格新穎,實為創例,全體分二十八品,約九千三百句,凡四萬六千餘字,當時為在中國文學中所出現的第一長詩。

一九、《佛所行讚》選鈔

（一）厭患品第三

外有諸園林，流水清涼池，眾雜華果樹，行列垂玄蔭，
異類諸奇鳥，奮飛戲其中，水陸四種花，炎色流妙香。
伎女因奏樂，弦歌告太子。太子聞音樂，歎美彼園林，
內懷甚踊悅，思樂出遊觀。猶如繫狂象，常慕閑曠野。
父王聞太子，樂出彼園遊，即敕諸群臣，嚴飾備羽儀，
平治正王路，並除諸醜穢，老病形殘類，羸劣貧窮苦，
無令少樂子，見起厭惡心。莊嚴悉備已，啟請求拜辭。
王見太子至，摩頭瞻顏色，悲喜情交結，口許而心留。
眾寶軒飾車，結駟駿平流，賢良善術藝，年少美姿容，
妙淨鮮花服，同車為執御。街巷散眾華，寶縵蔽路傍，
垣樹列道側，寶器以莊嚴，繒蓋諸幢幡，繽紛隨風揚。
觀者挾長路，側身目連光，瞪矚而不瞬，如並青蓮花。
臣民悉扈從，如星隨宿王，異口同聲歎，稱慶世希有。
貴賤及貧富，長幼及中年，悉皆恭敬禮，願唯令吉祥。
郭邑及田里，聞太子當出，尊卑不待辭，寤寐不相告，
六畜不遑收，錢財不及斂，門戶不容閉，奔馳走路傍，

樓閣堤塘樹，窗牖衢巷間，側身競容目，瞪矚觀無厭。
高觀謂投地，步者謂乘虛，意專不自覺，形神若雙飛，
虔虔恭形觀，不生放逸心，圓體臑支節，色若蓮花敷。
今出處園林，願成聖法仙，太子見修塗，莊嚴從人眾，
服乘鮮光澤，欣然心歡悅。國人瞻太子，嚴儀勝羽從，
亦如諸天眾，見天太子生。時淨居天王，忽然在道側，
變形衰老相，勸生厭離心。太子見老人，驚怪問御者，
「此是何等人？頭白而背僂，目冥身戰搖，任杖而羸
步。為是身卒變？為受性自爾？」御者心躊躇，不敢以
實答。淨居加神力，令其表真言：「色變氣虛微，多憂
少歡樂，喜忘諸根羸，是名衰老相。此本為嬰兒，長
養於母乳，及童子嬉遊，端正恣五欲，年逝形枯朽，
今為老所壞。」太子長歎息，而問御者言：「但彼獨衰
老？吾等亦當然？」御者又答言：「尊亦有此分，時移
形自變，必至無所疑，少壯無不老，舉世知而求，菩
薩久修習，清淨智慧業，廣殖諸德本，願果華於今。」
聞說衰老苦，戰慄身毛豎，雷霆霹靂聲，群獸怖奔走，
菩薩亦如是，震怖長噓息。繫於心老苦，頷頭而瞪矚，
念此衰老苦，世人何愛樂？老相之所壞，觸類無所擇，
雖有壯色力，無一不遷變，目前見證相，如何不厭離？
菩薩謂御者：「宜速迴車還，念念衰老至，園林何足歡？」
受命即風馳，飛輪旋本宮，心存朽暮境，如歸空塚間，
觸事不留情，所居無暫安。
王聞子不悅，勸令重出遊，即敕諸群臣，莊嚴復勝前。
天復化病人，守命在路傍，身瘦而腹大，呼吸而喘息，

手腳攣枯燥，悲泣而呻吟。太子問御者：「此復何等人？」
對曰：「是病者，四大俱錯亂，羸劣無所堪，轉側恃仰
人。」太子聞所說，即生哀憫心。問：「唯此人病？餘
亦當復爾？」對曰：「此世間，一切俱亦然。有身必有
患，愚癡樂朝歡。」太子聞其說，即生大恐怖，身心悉
戰動，譬如揚波月，處斯大苦樂，云何能自安！嗚呼
世間人，愚惑癡闇障！病賊至無期，而生喜樂心？於
是迴車還，愁憂念病苦，如人被打者，捲身待杖至。
靜息於閑宮，專求反世樂。

王復聞子還，敕問：「何因緣？」對曰：「見病人，」王
怖猶失身。深責治路者，心結口不言。復增伎女眾，
音樂倍勝前，以此悅視聽，樂俗不厭家。晝夜進聲色，
其心未始歡。王自出遊歷，更求勝妙園，簡擇諸婇女，
美豔極恣顏，諂黠能奉事，容媚能惑人，增修王御道，
防制諸不淨，並敕善御者，瞻察擇路行。時彼淨居天，
復化為死人，四人共持輿，現於菩薩前。餘人悉不覺，
菩薩御者見。問：「此何等輿？幡花雜莊嚴。從者悉憂
感，散髮號哭隨。」天神教御者，對曰：「為死人，諸
根壞命斷，心散念識離，神逝形乾燥，挺直如枯木。
親戚諸朋友，恩愛素纏綿，今悉不喜見，遠棄空塚間。」
太子聞死聲，悲痛心交結，問：「唯此人死？天下亦俱
然？」對曰：「善皆爾，夫始必有終。長幼及中年，有
身莫不壞。」太子心驚悸，身垂車軾前，息殆絕而歎：
「世人一何誤！公見身磨滅，猶尚放逸生。心非枯木
石，曾不慮無常？」即敕迴車還，非復遊戲時，命絕死

無期，如何縱心遊？御者奉王敕，畏怖不敢旋，正御
疾驅馳，經往至彼園。林流滿清淨，嘉木悉敷榮，靈
禽雜奇獸，飛走欣和鳴，光耀悅耳目，猶天難陀園。

（二）出城品第五

王復增種種，勝妙五欲具，晝夜以娛樂，冀悅太子心。
太子深厭離，了無愛樂情，但思生死苦，如被箭師子。
王使諸大臣，貴子名子弟，年少勝姿顏，聰慧執禮儀，
晝夜同遊戲，以取太子心。如是未幾時，啟王復出遊。
服乘駿足馬，眾寶具莊嚴，與諸貴族戲，圍遶俱出城。
譬如四種華，日照悉開敷，太子耀神景，羽從悉蒙光。
出城遊園林，修路廣且平，樹木花果茂，心樂遂忘歸。
路傍見耕人，墾壤殺諸蟲，其心生悲惻，痛踰刺貫心。
又見彼農夫，勤苦形枯悴，蓬髮而流汗，塵土坌其身。
耕牛亦疲困，吐舌而急喘。太子性慈悲，極生憐愍心，
慨然興長歎，降身委地坐。觀察此眾苦，思惟生滅法。
嗚呼諸世間，愚癡莫能覺。安慰諸人眾，各令隨處坐。
自蔭閻浮樹，端坐正思惟。觀察諸生死，起滅無常變，
心定安不動，五欲廓雲消，有覺亦有觀，入初無漏禪。
離欲生喜樂，正受三摩提。世間甚辛苦，老病死所壞，
終身受大苦，而不自覺知。厭他老病死，此則為大患。
我今求勝法，不應同世間。自嬰老病死，而反惡他人。
如是真實觀，少壯色力壽，新新不暫停，終歸磨滅法。

不喜亦不憂，不疑亦不亂，不眠不著欲，不壞不嫌彼，
寂靜離諸蓋，慧光轉增明。

爾時淨居天，化為比丘形，來詣太子所，太子敬起迎。
問言：「汝何人？」答言：「是沙門。畏厭老病死，出家
求解脫。眾生老病死，變壞無暫停，故我求常樂，無
滅亦無生。怨親平等心，不務於財色，所安無山林，
空寂無所營。塵想既已息，蕭條倚空閒。精麤無所擇，
乞求以支身。」即於太子前，輕舉騰虛逝。太子心歡喜，
惟念過去佛，建立此威儀，遺像見於今。端坐正思惟，
即得正法念，當作何方便，遂心長出家。欲情抑諸根，
徐起還入城。眷屬悉隨從，謂止不遠逝。內密興怨念，
方欲超世表，形雖隨路歸，心實留山林，猶如繫狂象，
常念遊曠野。

太子時入城，士女扶路迎，老者願為子，少願為夫妻，
或願為兄弟，諸親內眷屬，若當從所願，諸集希望斷。
太子心歡喜，忽聞斷集聲，若當從所願，斯願要當成。
深思斷集樂，增長涅槃心，身如金山峰，臑臂如象手，
其音如春雷，紺眼譬牛王，無盡法為心，面如滿月光，
師子王遊步，徐入於本宮。猶如帝釋子，心敬形亦恭。
往詣父王所，稽首問和安，並啟生死畏，哀請求出家。
一切諸世間，合會要別離，是故願出家，欲求真解脫。
父王聞出家，心即大戰懼，猶如大狂象，動搖小樹枝。
前執太子手，流淚而告言：「且至此所說，未是依法時。
少壯心動搖，行法多生過，奇特五欲境，心尚未厭離，
出家修苦行，未能決定心，空閒曠野中，其心未寂滅，

汝心雖樂法，未若我是時。汝應領國事，今我先出家，
棄父絕宗嗣，此則為非法。當息出家心，受習世間法，
安樂善名聞，然後可出家。」太子恭遜辭，復啟於父王：
「惟為保四事，當息出家心：保子命常存，無病不衰
老，眾具不損減，奉命停出家。」父王告太子：「汝勿
說此言，如此四事者，誰能保令無，汝求此四願，正
為人所笑。且停出家心，服習於五欲。」太子復啟王：
「四願不可保，應聽子出家，願不為留難，子在被燒
舍，如何不聽出？分析為常理，孰能不聽求？脫當自
磨滅，不如以法離。若不以法離，死至孰能持？」

父王知子心，決定不可轉，但當盡力留，何須復多言。
更增諸婇女，上妙五欲樂，晝夜苦防衛，要不令出家。
國中諸群臣，來詣太子所，廣引諸禮律，勸令順王命。
太子見父王，悲感泣流淚，且還本宮中，端坐默思惟。
宮中諸婇女，親近圍遶侍，伺候瞻顏色，矚目不暫瞬，
猶若秋林鹿，端視彼獵師。太子正容貌，猶若真金山，
伎女共瞻察，聽教候音顏，敬畏察其心，猶彼林中鹿，
漸已至日暮。

太子處幽夜，光明甚輝耀，如日照須彌，坐於七寶座，
薰以妙香檀，婇女眾圍遶，奏犍撻婆音，如毘沙門子，
眾妙天樂聲，太子心所念，第一遠離樂，雖作眾妙音，
亦不在其懷。時淨居天子，知天子時至，決定應出家，
忽然化下來，厭諸伎女眾，悉皆令睡眠。容儀不欲攝，
委縱露醜形，惛睡互低仰，樂器亂縱橫，傍倚或反側，
或復是投深。纓絡如曳鎖，衣裳絞縛身，抱琴而偃地，

猶若受苦人。黃綠衣流散，如摧迦尼華，縱體倚壁眠，
狀若懸角弓。或手攀窗牖，如似絞死尸，頻呻長欠呵，
魘呼涕流涎。蓬頭露醜形，見若顛狂人，華鬘垂覆面，
或以面掩地，或舉身戰掉，猶若獨搖鳥。委身更相枕，
手足互相加，或顰蹙皺眉，或合眼開口，種種身散亂，
狼藉猶橫屍。時太子端坐，觀察諸婇女，先皆極端嚴，
言笑心諂黠，妖豔巧姿媚，而今悉醜穢。女人性如是，
云何可親近。沐浴假緣飾，誑惑男子心，我今已覺了，
決定出無疑。

爾時淨居天，來下為開門，太子時徐起，出諸婇女間，
踟躕於內閣，而告車匿言：「吾今心渴仰，欲餘甘露泉，
彼馬速牽來，欲至不死鄉。自知心決定，堅固誓莊嚴。
婇女本端正，今悉見醜形，門戶先關閉，今已悉自開，
觀此諸瑞相，第一義之筌。」車匿內思維，應奉太子教，
脫令父王知，復應深罪責。諸天加神力，不覺牽馬來。
平乘駿良馬，眾寶鏤乘具，高翠長髦尾，局背短毛耳，
鹿腹鵝王頸，額廣圓瓠鼻，龍咽臆臆方，具足驎驥相。
太子撫馬頸，摩身而告言：「父王常乘汝，臨敵輒勝怨，
吾今欲相依，遠涉甘露津。戰鬥多眾旅，榮樂多伴遊，
商人求珍寶，樂從者亦眾，遭苦良友難，求法必寡朋，
堪此二友者，終獲於吉安。吾今欲出遊，為度苦眾生，
汝今欲自利，兼濟諸群萌，宜當竭其力，長驅勿疲惓。」
勸已徐跨馬，理轡候晨征。人狀日殿流，馬如白雲浮，
策身不奮迅，屏氣不噴鳴。四神來捧足，潛密寂無聲，
重門固關鑰，天神令自開。敬重無過父，愛深莫踰子，

內外諸眷屬，恩愛亦纏綿，遺情無遺念，飄然超出城。
清淨蓮花人，從淤泥中生，顧瞻父王宮，而說告離篇：
「不度生老死，永無遊此緣。」一切諸天眾，虛空龍鬼
神，隨喜稱善哉，唯此真諦言。諸天龍神眾，慶得難
得心，各以自力光，引導助其明。人馬心俱銳，奔逝
若流星，東方猶未曉，已進三由旬。

（三）破魔品十三

仙王族大仙，於菩提樹下，建立堅固誓，要成解脫道，
鬼龍諸天眾，悉皆大歡喜，法願魔天王，獨憂而不悅，
吾欲自在王，具諸戰鬥藝，憎嫉解脫者，故名為波旬。
魔王有三女，美貌善儀容，種種惑人術，天女中第一。
第一名欲染，次名能悅人，三名可愛樂，三女俱時進。
白父波旬言，「不審何憂慼？」父俱以其事，寫情告諸
女：「世有大牟尼，身被大誓鎧，執持大我弓，智慧剛
利箭，欲戰伏眾生，破壞我境界，我一旦不知，眾生
信於彼，悉歸解脫道，我生則空虛。譬如人犯戒，其
身則空虛，及慧眼未開，我國猶得安。當往壞其志，
斷截其橋樑。」執弓持五箭，男女眷屬俱，詣彼吉安林，
願眾生不安。見牟尼靜默，欲度三有海，左手執強弓，
右手彈利箭，而告菩薩言：「汝剎利速起，死甚可怖畏，
當修汝自法，捨離解脫法，習戰施福會，調福諸世間，
終得生天樂。此道善名稱，先勝之所行，仙王高宗謂，

乞士非所應。今若不起者，且當安汝意，慎莫捨要誓，
試我一放箭。墨羅月光孫，亦由我此箭。小觸如風吹，
其心發狂亂，寂靜苦行仙，聞我此箭聲，心即大恐怖，
惛迷失本性。況汝末世中，望脫我此箭？汝今速起者，
幸可得安全。此箭毒熾盛，慷慨而戰抖，計力堪箭者，
自安猶難尚，況汝不堪箭，云何能不驚。」

魔說如斯事，迫脅於菩薩，菩薩心怡然，不疑亦不怖。
魔王即放箭，兼進三玉女，菩薩不視箭，亦不顧三女。
魔王惕然疑，心口自相語：「曾為雪山女，射魔醯首羅，
能令其心變，而不動菩薩，非復以此箭，及天三玉女，
所能移其心，令起於愛恚，當更合軍眾，以力強逼迫。」

作此思維時，魔軍忽然集，種種各異形，執戟持刀劍，
戟樹捉金杵，種種戰鬥具，豬魚驢馬頭，駝牛兕虎形，
師子龍象首，及餘禽獸類，或一身多頭，或面各一目，
或腹眾多眼，或大腹長身，或羸瘦無腹，或長腳大膝，
或大腳肥蹲，或長牙利爪，或無頭面目，或兩足多身，
或大面傍面，或作灰土色，或似明星光，或身放煙火，
或象耳負山，或被髮裸體，或被服皮革，或色半赤白，
或著虎皮衣，或復著蛇皮，或腰帶大鈴，或紫髮螺髻，
或散髮被身，或吸人精氣，或奪人生命，或超擲大呼，
或奔走相逐，迭自相打害，或空中旋轉，或飛騰樹間，
或呼叫吼喚，惡聲震天地。如是諸惡類，圍遶菩薩樹，
或欲擘列身，或復欲吞噉，四面放火然，煙焰盛衝天，
狂風四激起，山林普震動。風火煙塵合，黑闇無所見，
愛法諸天人，及諸龍鬼等，悉皆分魔眾，瞋恚血流淚。

淨居諸天眾，見魔亂菩薩，離欲無瞋心，哀愍而傷彼，
悉來見菩薩，端坐不傾動，無量魔圍繞，惡聲動天地，
菩薩安靖默，光顏無異相，猶如師子王，處於群獸中。
皆歡鳴呼呼，奇特未曾有。魔眾相驅策，各進其威力，
迭共相摧切，須臾令摧滅，裂目而切齒，亂飛而超擲，
菩薩默然觀，如見童兒戲。

眾魔益忿恚，倍增戰鬥力，抱石不能舉，舉者不能下，
雷震雨大雹，化成五色花，惡龍蛇噀毒，化成香風氣，
諸種種形類，欲害菩薩者，不能令傾動，隨事還自傷。
魔王有姊妹，名彌加加利，手執髑髏器，在於菩薩前，
作種種異儀，婬惑亂菩薩。如是等魔眾，種種醜類身，
作種種惡聲，欲恐怖菩薩，不能動一毛，諸魔悉憂慼。
空中負多神，隱身出音聲：「我見大牟尼，心無怨恨想，
眾魔惡毒心，無怨處生怨，愚癡諸惡魔，徒勞無所為。
當捨恚害心，寂靜默然住。汝不能口氣，吹動須彌山，
火冷水熾然，地性平軟濡，不能壞菩薩，歷劫修善果。
菩薩正思惟，精進勤方便，淨智慧光明，慈悲於一切。
此四妙功德，無能中斷截，而為作留難，不成正觀道。
如月千光明，必處世間闇，鑽木而得火，掘地而得水，
精勤正方便，無求而不獲。世間無救護，中貪恚癡毒，
哀愍眾生故，求智慧良藥，為世除苦患，汝云何惱亂。
世間諸癡惑，悉皆著邪徑，菩薩習正路，欲引導眾生，
惱亂世尊師，是則大不可，如大曠野中，欺誑商人導，
眾生墮大冥，莫知所至處，為燃智慧燈，云何欲令滅？
眾生悉漂沒，生死之大海，為修智慧舟，云何欲令沒？

忍辱為法芽，固志為法根，律儀戒為地，覺正為枝幹，
智慧之大樹，無上法為菓。陰護諸眾生，云何而欲伐？
貪恚癡枷鎖，軛縛於眾生，長劫修苦行，為解眾生縛。
決定成於今，於此正基坐，如過去諸佛，堅豎金剛臺。
諸方悉輕動，惟此地安穩，能堪受妙定，非汝所能壞。
但當輕下心，除諸憍慢意，應修智識想，忍辱而奉事。」
魔聞空中聲，見菩薩安靜，慚愧離憍慢，復道還天上，
魔眾悉憂慼，崩潰失威武，鬥戰諸器仗，縱橫棄林野，
如人殺怨主，怨黨悉摧碎。
眾魔既退散，菩薩心虛靜，日光倍增明，塵霧悉除滅，
月明眾星朗，無復諸闇障，空中雨天花，以供養菩薩。
　　（本文作者：馬鳴，譯者：曇無讖）

二〇、譯經大師鳩摩羅什

東晉時，東來高僧以鳩摩羅什 (Kumarajiva) 為第一；而中國佛教譯經大師，前有羅什，後有玄奘，固先後輝映，照耀中國佛教史乘者。

鳩摩羅什梵名之全譯，應為鳩摩羅耆婆，略作羅什，或什，意譯為「童壽」。其先天竺人，世為國相。父鳩摩羅尖，辭相位出家，東度蔥嶺，龜茲國王郊迎入境，請為國師以妹耆婆妻之，遂生什，時晉康帝時，當公元三四三年或三四四年也。什七歲隨母出家，九歲隨母渡辛頭河（今印度河）入罽賓，就名師槃頭達多學，日誦千偈，總貫群籍，妙解大乘。十二歲隨母返。尋至疏勒，並師事莎車王子兄弟二人。又隨母至溫宿國，與道士某辯論。龜茲王迎歸國，二十歲受戒王宮，時其名已聞於我國。

前秦建元十八年（公元三八二年）九月，苻堅遣師伐龜茲及焉耆諸國，大將呂光殺其王白純立王弟震，見什年少，以常人視之，並強其娶王女，又屢辱之，什無異色，光慚愧而止。旋攜什還，回至涼州，聞苻氏已滅，遂自立，稱涼王，國號後涼。什羈於涼者十八年，通曉中國語文，而無所宣化。後秦弘始三年（公元四〇一年），姚興遣將討呂隆，降之，遂迎什入關。十二月抵長安，興以國師之禮待之。時以前人所譯佛經，或義有未達，或詞欠通暢，遂請入西明閣及逍遙園，

使沙門八百餘人助譯，興亦執經與僧五百餘人研究其義旨，然後寫成。所譯有《金剛經》、《法華經》、《維摩經》、《中觀論》、《十二門論》、《百論》等三百餘卷。嘗論佛經梵文原本及漢譯曰：「天竺國俗，甚重文藻，其宮商體韻，以入管弦為善，凡覲國王，必有讚德，見佛之儀，以歌歎為尊，經中偈頌，皆其式也。但改梵為秦，失其藻蔚，雖得大意，殊隔文體，有似嚼飯與人，非徒失味，乃令嘔噦也。」姚主以法師聰明過人，天下無二，不可無嗣，逼受使女十人。佛教載籍，稱其人神情朗徹，傲岸出群；且篤性仁厚，汎愛為心，虛己善誘，終日無倦。晉義熙五年，後秦弘始十一年（公元四〇九年）寂於長安大寺，年七十。

什所譯馬鳴（或云非馬鳴，而為童受，Kumaralato）之《大莊嚴論經》共十五卷八十九篇，今選鈔其九篇。

二一、《大莊嚴論經》選鈔

（十二）復次，若人內心賢善，則多安穩，利益一切。是故智若應修其心，恆令賢善。我昔曾聞，有諸比丘，與諸估客，入海探寶，既至海中，船舫破壞。

爾時有一年少比丘，捉一枚板，上座比丘，不得板故，將沒水中。於時上座恐怖惶悸，懼為水漂，語年少言：「汝寧不憶，佛所制裁，當敬上座，汝所得板，應以與我。」

爾時年少，即便思惟，如來世尊，實有斯語，諸有利樂，應先上座。復作是念，我若以板，用與上座，必沒水中，洄澓波浪，大海之難，極為深廣，我於今者，命將不全。又我年少，初起出家，未得道果，以此為憂，我今捨身，用濟上座，正是其時。作是念已，而說偈言：

我為自全濟，為隨佛語勝，無量功德聚，名稱遍千方，軀命極鄙賤，云何違聖教？

我今受佛戒，至死必堅持，為順佛語故，奉板遺身命。

若不為難事，終不獲難果；

我若持此板，必渡大海難，若不順聖旨，將沒生死海。

我今沒水死，雖死猶名勝，

若捨佛所教，失於人天利，及以大涅槃，無上第一樂。

說是偈已，即便捨板，持與上座，既受板已，于時海
神，感其精誠，即接年少比丘置於岸上。海神合掌白
比丘言，我今歸依堅持戒者，汝今遭是危難之事，能
持佛戒。海神說偈，讚比丘曰：

汝真是比丘，實行苦行者，號爾為沙門，汝實稱斯名，
由汝德力故，眾伴及財寶，

得免大艱難，一切安穩出。汝言誓堅固，敬順佛所說。

汝是大勝人，能除眾患難，

我今當云何？而不加擁護。見諦能持戒，斯事未為難。

凡夫不啟禁，此乃名奇有。

比丘虛安穩，清淨自謹慎，能不毀禁戒，此亦未為難。

未獲於道跡，處於大怖畏。

捨己所愛命，護持佛教戒，難為而能為，此最為希有。

（十五）復次，若命終時欲齎財寶，至於後世，無有
是處。唯除布施，作諸功德，若懼後世，得貧窮者，
應修惠施。我昔曾聞，有一國王，名曰難陀，是時此
王，聚積珍寶，規至後世。嘿自思惟，我今當集，一
國珍寶，使外無餘。貪聚財故，以自己女，置媱女樓
上。敕侍人言，若有人齎寶來女者，其人並寶，將至
我所。如是集欲一國錢寶，悉皆蕩盡，聚於王庫。
時有寡婦，唯有一子，心甚敬愛。而其此子，見於王
女，儀容瓌瑋，姿貌非凡，心甚耽著，家無財物，無
以自通，遂至結病，身心羸瘦，氣息微惙。母問子言：
「何患乃爾？」子具以狀，啟白於母：「我若不得與彼

交往，定死不疑。」母語子言：「國內所有一切錢寶，
盡無遺餘，何處得寶，復更思惟，汝父死時，口中有
一金錢，汝若發塚，可得彼錢，以用自通。」即隨母言，
往發父塚，開口取錢。既得錢已，至王女邊，爾時王
女，遣送此人，並所與錢，以示於王。王見之已，語
此人言：「國內金寶，一切蕩盡，除我庫中，汝於何處，
得是錢來？汝於今者，必得伏藏。」種種拷楚，徵得錢
處。此人白王：「我實不得，地中伏藏，我母示我，亡
父死時，置錢口中，我發塚取，故得此錢。」

時王遣人，往檢虛實，使人既到，果見死父口中錢處，
然後方信。王聞是已，而自思忖，我先聚集，一切寶
物，望持此寶，至於後世。彼父一錢，尚不能得齎持
而去，況復多也。即說偈言：

我先勤聚集，一切眾珍寶，望齎諸錢物，隨己至後世，
今觀發塚者，還奪金錢取。
一錢尚不保，況得多珍寶？復作是思惟，當設何方便，
得使諸珍寶，隨我至後世？
昔若頂生王，將從諸軍眾，並象馬七寶，悉到於天上。
羅摩造草橋，得至楞伽城，
吾今欲昇天，無有諸梯隥，欲詣楞伽城，又復無津梁。
我今無方計，持寶至後世。

時有輔相，聰慧知機，已知王意，而作是言：「王所說
者，正是其理，若受後身，必須財寶。然今珍寶，及
以象馬，不可齎持，至於後世，何以故，王今此身，
尚自不能，至於後世，況復財寶象馬者乎？當設何方，

令此珍寶，得至後身。唯有施與沙門婆羅門貧窮乞兒，
福報資人，必至後世。」即說偈言：

莊嚴面目者，臨水見勝好，好醜隨其面，影悉現水中，
莊嚴則影好，垢穢則影醜，
今身如面貌，後受形如影，莊嚴形戒慧，後得可愛果，
若作惡行者，後受報甚苦。

信心以財物，供養父母師，沙門婆羅門，貧窮困厄者，
即是後有水，於中見面像，
施戒慧業影，亦復彼中現，王有眾營從，宮人諸婇女，
臣佐及吏民，音樂等娼妓，
如其命終時，悲戀送塚間，到已便還家，無一隨從者。
後宮侍直等，庫藏諸珍寶，
象馬寶輦輿，一切娛樂具，國邑諸人民，苑園遊戲處，
悉捨而獨逝，亦無隨去者。
唯有善惡業，隨逐終不放。

若人臨終喘氣麤出，喉舌乾燋，不能下水，言語不了，
瞻視不端，筋脈斷絕，分風解形，支節舒緩，機關止
廢，不能動轉，舉體酸痛，如被針刺，命盡終時，見
大黑闇，如墜深坑，獨遊曠野，無有黨侶，惟有修福，
為作親伴，而擁護之，若為後世，宜速修福。即說偈
言：

若人命終時，獨往無伴黨，畢定當捨離，所愛諸親友，
獨遊黑闇中，可畏恐怖處。
親愛皆別離，孤煢無徒伴，是故應莊嚴，善法自資糧。
為滿此義故，婆羅留支以六偈讚王。即說偈言：

雖有諸珍寶，積聚如雪山，象馬眾寶車，謀臣及呪術，
專念死時至，不可以救免，
宜修諸善業，為己得利樂。目如青蓮者，應勤行戒施，
死為大恐畏，聞者皆恐懼，
一切諸世間，無不終沒者，以是故大王，宜應觀死苦。
目如青蓮者，應當修善業，
為己得利樂，宜勤行戒施，人命壽終時，財寶不隨逐，
壯色及盛年，終不還重至。
目如青蓮者，應當修善業，為己得利樂，宜勤行戒施，
彌力那侯沙，耶耶帝大王，
及屯豆摩羅，姿加跌利不，翹離奢勢天，踰越頻世波，
如是人中上，眾勝大王等，
軍眾及群宮，悉皆滅沒去，欣感相續生，意念次第起。
目如青蓮者，應當修善業，
使己受快樂，宜勤行戒施，財寶及榮貴，此事難可遇，
福祿非恆有，身力有增損，
一切無定相，地主亦非常，如此最難事，今悉具足得。
目如青蓮者，應真修諸善，
使己受快樂，宜勤修戒施，勁勇有力者，能越渡大海，
專念健丈夫，能超度諸山，
設作如斯事，未足名為難，能利益後世，是事乃為難。

（四五）復次，治身心病，唯有佛語，是故應勤聽於
說法。我昔曾聞，漢地天子，眼中生膜，遍覆其目，
遂至闇冥，無所睹見，種種療治，不能瘳除。時竺叉

尸羅國，有諸商估，來詣漢土。時漢國王問估客言：
我於患目，爾等遠來，頗能治否？估客答言：外國有
一比丘，名曰瞿沙，唯彼能治。

時王聞已，即大資嚴，便送其子，向竺叉尸羅國。到
彼國已，至尊者瞿沙所，而作是言：吾從遠方，故來
療目，唯願哀愍，為我治眼。爾時尊者，許為治眼。

多作銅盞，賦與大眾。語諸人言：聞我說法，有流淚
者，置此椀中。因即為說十二緣經。眾會聞已，啼泣
流淚，以椀承取，聚集眾淚，向王子所，尊者瞿沙，
即取眾淚，置右掌中，而說偈言：

我今已宣說，甚深十二緣，能除無明闇，聞者皆流淚，
此語若實者，當集眾人淚，

人天夜叉中，諸水所不及，以洗王子眼，離障得明淨，
尋即以淚洗，膚翳得消除。

爾時尊者瞿沙，以淚洗王子眼，得明淨已，為欲增長，
大眾信心，而說偈言：

佛法極真實，能速除翳障，此淚亦能除，如日消冰雪。

是諸大眾，見事是已，合掌恭敬，倍生信心，得未曾
有，身毛驚豎，即說偈言：

汝所說希有，猶如現神足，醫藥所不療。淚流能除患。

彼時王子，既得眼已，歡喜踊躍，又聞說法，厭患生
死，得須陀洹果，生希有想。即說偈言：

誰得聞佛法，而不生歡喜，我已深敬信，至心聽說法。

耳聞希有事，目患亦消除。

慧眼與肉眼，俱悉得清淨，治眼中最上，無過於大仙。

我今稽首禮，眾醫中最勝，

以一智寶藥，開我二眼淨。世間有心人，諸不敬信者，

若設有少智，云何不生信，

釋迦牟尼尊，眾生之慈父，言說甚美妙，柔和可愛樂，

濟拔事已竟，得達於彼岸，

意根法微細，作意當解了，乃至邊地人，亦能得開悟。

（五七）復次，雖少種善，必當求佛。少善求佛，猶如甘露，是以應當，盡心求佛。

我昔曾聞，有一人，因緣力故，發心出家，欲求解脫，即詣僧坊，值佛教化，不在僧坊。彼人念言，世尊雖無，我當往詣法之大將舍利弗所。時舍利弗，觀彼因緣，過去世時，少有厭惡修善根不。既觀察已，乃不見有少許善根。一身既無，乃至百千身，都無善根。復觀一劫，又無善根。乃至百千劫，亦無善根。尊者舍利弗，語彼人言：我不度汝。

彼人復至餘比丘所。比丘問言：汝為向誰求索出家？彼人答言：我詣尊者舍利弗所，不肯度我。諸比丘言：舍利弗不肯度汝，必有過患，我等云何，而當度汝？如是展轉，詣諸比丘，都不肯度，猶如病者，大醫不治，其餘小醫，無能治者。既不稱願，於坊門前，泣淚而言：我何薄福，無度我者？四種姓中，皆得出家，我造何惡，獨不見度？若不見度，我必當死。即說偈言：

猶如清淨水，一切均得飲，乃至旃陀羅，各皆得出家，

如此佛法中，而不容受我，

我是不調順，當用是活為？

作是偈已，爾時世尊，以慈悲心，欲教化之，如母愛子。如行金山，光映蔽日，到僧坊門，即說偈言：

一切種智身，大悲以為禮，佛於三界中，覓諸受化子，

猶如牛求犢，愛念無休息。

爾時世尊，清淨無垢，如花開敷，爭光熾盛，掌有相輪，網縵覆指，以是妙手，摩彼人頭，而告之言：汝何故哭？彼人悲哀，白世尊言：我求出家，諸比丘等，皆盡不聽，由是涕泣。世尊問言：諸比丘不聽，誰遮於汝，不聽出家？即說偈言：

誰有一切智，而欲測豫者，業力極微細，誰能知深淺？

時彼人者，聞斯偈已，白世尊言：佛法大將舍利弗比丘，智慧第一者，不聽我出家。爾時世尊，以深遠雷音，慰彼人言：非舍利弗智力所及，我於無量劫作難行苦行，修習智慧，我今為汝。即說偈言：

子舍利弗者，彼非一切智，亦非解體性，不盡知中下，

彼識有限齊，不能深解了，

無有智能知，微細之業報。

爾時世尊，告彼人言：我今聽汝，於佛法中，使汝出家。我於法肆上，求買如汝信樂之人，如法化度，不令失時。佛以柔軟妙相輪手，牽彼人臂，入僧坊中。

佛於僧前，告舍利弗：以何緣故，不聽此子，令出家耶？舍利弗白佛言：世尊，我不見彼有微善根。佛即告舍利弗，勿作是語。說是偈言：

我觀此善根，極為其微細，猶如山石沙，融消則出金。
禪定與智慧，猶如雙華囊，
我以功力吹，必出真妙金。此人亦復爾。微善如彼金。
爾時尊者舍利弗，整欝多羅僧，偏袒右肩，踋跪叉手，向佛世尊，而說偈言：
諸論中最勝，誰願為我說，智慧之大明，除滅諸黑闇，
彼人於久近，而種此善根，
為得何福田，種子極速疾？
佛告舍利弗：汝今諦聽，當為汝說。彼因極微，非辟支佛所見境界，乃往過去，有一貧人，入阿練若山，採取薪柴，為虎所逼，以怖畏故，稱南無佛。以是種子，得解脫因。即說偈言：
唯見此稱佛，以是為微細，因是盡苦際，如是為善哉。
至心歸命佛，必得至解脫，
得是相似果，更無有及者。
爾時婆伽婆即度彼人，令得出家，佛自教化，比丘心悟，得羅漢果。以是因緣故，於世尊者，種少善根，獲報無量，況復造立形像塔廟？

（六九）復次，菩薩大人為諸眾生，不惜身命。我昔曾聞，雪山之中，有二鹿王，各領群鹿，其數五百，於山食草。爾時波羅榇城中有王名梵摩達，時彼國王，到雪山中，遣人張圍，圍彼雪山。時諸鹿等，盡墮圍中，無可歸依，得有脫處，乃至無有一鹿，可得脫者。爾時鹿王，其色斑駁，如雜寶填，作何方便，使諸鹿

等，得免此難。復作是念，更無餘計，唯直趣王，作是念已，逕詣王所。時見王已，勅其左右，慎莫傷害，聽姿使來。時彼鹿王，即到王所，而作是言：大王莫以遊戲，殺諸群鹿，用為歡樂。勿為此事，願王哀愍，放捨群鹿，莫令傷害。王語鹿王：我須鹿肉食。鹿王答言：王若須肉，我當日日，奉送一鹿。王若頓殺，肉必臭敗，不得停久。日取一鹿，鹿日滋多，王不乏肉。王即然可。爾時菩薩鹿王，語彼鹿王提婆達多言：我今共爾，日出一鹿，供彼王食。我於今日，出送一鹿，汝於明日，復送一鹿。共為言要，迭互送鹿，至於多時。

後於一時，提婆達多鹿王，出一牸鹿，懷妊垂產，問提婆達多，求哀請命，而作是言：我身今死，不敢辭託，須待我產，供廚不恨。時彼鹿王，不聽其語，汝今但去，誰當代汝？便生瞋忿。

時彼牸鹿，既被瞋責，作是思惟，彼之鹿王，極為慈愍，我當歸請，脫免兒命。作是念已，往菩薩所，前膝跪地，向菩薩鹿王，具以上事。向彼鹿王，而說偈言：

我今無救護，唯願濟拔我，多有諸眾生，我今獨怖迮，願垂哀憐愍，拔濟我苦難！

我更無所恃，唯來歸依汝，汝常列利益，安樂諸眾生。

我今若就死，兩命俱不全，

今願救我胎，使得一全命。

菩薩鹿王，聞此偈已，問彼鹿言：為向汝王，自陳說

未？特鹿答言：我以歸向，不聽我語，但見瞋責，誰
代汝者？即說偈言：

彼見瞋呵責，無有救愍心，見敕速往彼，誰有代汝者？

我今歸依汝，悲愍為禮者，

是故應令我，使得免一命。

菩薩鹿王，語彼鹿言：汝莫憂惱，隨汝意去，我自思
惟。時鹿聞已，踊躍歡喜，還詣本群。菩薩鹿王，作
是思惟：若遣餘鹿，當作是語：我未應去，云何遣我？
作是念已，心即開悟，而說偈言：

我今躬自當，往詣彼王廚，我與諸眾生，誓願必當救，

我若以己身，用貿蚊蟻命，

能作如是者，尚有大利益。所以畜身者，正為救濟故，

設得代一命，捨身猶草芥。

說是偈已，即集所領諸群鹿等，我於汝等，諸有不足，
聽我懺悔。我欲捨汝，以代他命，欲向王廚。

爾時諸鹿，聞是語已，盡各悲戀，而作是言：願王莫
往，我等代去。鹿王答言：我以立誓，自當身去，若
遣汝等，必生苦惱，今我歡喜，無有不悅，即說偈言：

不離欲捨身，必當有生處，我今為救彼，捨身必轉勝。

我今知此身，必當有敗壞，

今為救愍故，便是法捨身，得為法因者，云何不歡喜？

爾時諸鹿，種種諫喻，遂至疲極，不能令彼，使有止
心。時彼鹿王，往詣王廚，諸鹿舉群，並提婆達多鹿
群，盡逐鹿王，問波羅檢，即便識之，往白於王，稱
彼鹿王，自來詣廚。王聞是語，身已出來，問鹿王所，

王告之言：汝鹿盡耶？云何自來？鹿王答言：由王擁
護，鹿倍眾多，所以來者，為一妊身，垂產特鹿，欲
代其命，身詣我廚，即說偈言：

意欲有所求，不足滿其心，我力所能辦，若當不為者，
與木有何異，設於生死中，

捨此臭穢形，當自空敗壞，不為毫釐善，此身必歸壞，
捨己他得全，我為得大利。

爾時梵摩達王聞是語已，身毛皆豎，即說偈言：

我是人形鹿，汝是鹿形人。具公德名人，殘惡是畜生。
嗚呼有智者，嗚呼有勇猛，

嗚呼能悲愍，救濟眾生者，汝作如是形，即是教示我。
汝今還歸去，及諸群鹿等。

莫生怖畏想，我今發誓願，永更不復食，一切諸鹿肉。

爾時鹿王白王言：王若垂矜，應自往詣，彼群鹿所，
躬自安慰，施與無畏。王聞是語，身自詣林，到鹿群
所，施鹿無畏。即說偈言：

是我國界內，一切諸鹿群，我以堅擁護，慎莫生恐怖。
我今此林木，及以諸泉池，

悉已施諸鹿，更不聽殺害，是故名此林，即名施鹿林。

（七四）復次，若人精誠，以財布施，如華獲財業。
汝如是事，應至心施。我昔曾聞：罽賓國人，夫婦共
在草敷上臥，於天欲明，善思覺生。作是思惟，此國
中人，無量百千，皆悉修福，供養眾僧，我等貧窮，
值此寶渚，不持少寶，至後世者，我等哀苦，則為無

窮。我今無福，將來苦長。作是念已，悲吟歎息。展
轉哀泣，淚垂婦上。爾時其婦，尋問夫言：以作是故，
不樂乃爾？即說偈言：

何故極悲慘，數數而歎息，雨淚沾我臂，猶如以水澆。

爾時其夫，說偈答言：

我無微末善，可持之後世，思惟此事已，是故自悲歎。

世有良福田，我無善種子，

今身若後身，飢窮苦難計。先身不種子，今世極貧窮，

今若不作者，將來亦無果。

爾時其婦，聞是偈已，語其夫言：汝莫愁憂，我屬於
汝，汝於我身，有自在力，若賣我身，可得錢財，滿
汝心願。爾時其夫，聞婦此言，心生歡喜，顏貌怡悅，
語其婦言，若無汝者，我不能活。即說偈言：

我身與汝身，猶如彼鴛鴦，可共俱賣身，得財用修福。

爾時夫婦二人，詣長者家，作如是言：可貸我金，一
月之後，若不得者，我等二人，當屬於汝。一月之後，
我必不能得金相償，分為奴婢。一月之中，可供養諸
比丘僧。爾時長者，即便與金。既得金已，自相謂言：
我等可於，離越寺中，供養諸僧。婦問夫言：為用何
日？答言：十五日。又問：何故十五日？爾時其夫，
以偈答言：

世間十五日，拘毘等天王，案行於世間，是佛之所說，
欲使人天知，是故十五日。

爾時夫婦二人，竭立營造，至十三日，食具悉備，送
置寺上，白知事人言：唯願大德，明十五日，勿令眾

僧，有出家者，當受我請。彼知事人，答言可爾。於
十四日，夫婦二人，在寺中宿，自相勸喻，而說偈言：
告喻自己身，慎無辭疲勞，汝今得自在，應當盡力作，
後為他所策，作用不自在，
徒受眾勞苦，無有毫釐利。
說此偈已，夫婦通夜，不暫眠息，所設餚饍，至明悉
辦。夫語婦言：善哉我曹！所作已辦，心願滿足，得
是好日。賣此一身，於百千身，常蒙豐足。
時有小國王，施設飲食，復來至寺，而作是言：願諸
僧等，受我供養。知事人言：我等諸僧，先受他請，
更覓餘日。時彼小王，慇懃啟曰：我今已眾務所逼，
願受我請。爾時諸僧，默然無對。爾時國王，語彼夫
婦言：我今自打楗椎，汝所造食，當酬汝直。時夫婦
已聞此語，向彼國王，五體投地，而白之言：我之夫
婦，窮無所有，自賣己身，以設供具，竟宿造供，施
設已辦，唯於今日，自在供養。若至明日，為他策使，
不得自由，願王重矜，莫奪我日。即說偈言：
夫婦如鴛鴦，供設既已辦，願必見憶念，明當屬他去。
夫婦各異策，更無修福期，
如是自賣身，乃為修善故。
時彼國王，具聞斯事，讚言善哉！即說偈言：
汝善解佛教，明了識因果，能用虛偽身，易於堅財命，
汝勿懷恐怖，恣聽汝所願，
我為憐愍汝，以財償汝價，汝今自苦身，終大獲利樂。
爾時國王，說此偈已，聽彼夫婦，供養眾僧，即以財

物，為彼夫婦，酬他價直。又給夫婦，自營產業，現
受此報，無所乏少。

（八一）復次，我昔曾聞：有一長者，婦為姑所瞋，
走入林中，自欲刑戮，既不能得，尋時上樹，以自隱
身。樹下有池，影現水中。時有婢使，擔瓶取水，見
水中影，謂為是己有。作如是言：我今面貌，端正如
此，何故為他，持瓶取水？即把瓶破，還至家中，語
大家言，我今面貌端正如是，何故使我，擔瓶取水？
於時大家，作如是言，此婢或為，鬼魅所著，故作是
事。更與一瓶，詣池取水。猶見其影，復打瓶破。時
長者婦，在於樹上，見斯事已，即便微笑。婢見影笑，
即自覺悟，仰而視之，見有婦女，在樹上微笑。端正
女人，衣服非己。方生慚恥。
以何緣故，而說此喻，為於倒見愚惑之眾，譬如蘑蔔
油香，用塗頂髮，愚惑不解，我頂出是香。即說偈言：
末香以塗身，並熏衣纓珞，倒惑心亦爾，謂從己身出，
如彼醜陋婦，見影為己有。

（八七）復次，曾聞有二女人，俱得菴羅菓，其一女
子，食不留子，有一女子，食菓留子。其留子者，覺
彼菓美，於良好田，下種著中。以時溉灌，大得好菓。
如彼世人，為善根本，多修善業，後獲果報。合子食
者，亦復如人，不識善業，竟不修造，無所獲得，方
生悔恨。即說偈言：

如似得菓食，竟不留種子，後見他食菓，方生於悔恨。
亦如彼女人，種子種得菓，
復生大歡喜。

（八八）復次曾聞：往昔有比丘，名須彌羅，善能戲
笑，與一國王，謔譁歡悅，稱適王意。爾時比丘，即
從乞地，欲立僧坊。王語比丘，汝可疾走，不得休息，
盡所極處，爾許之地，悉當相與。爾時比丘，更整衣
服，即便疾走，雖復疲乏，以貪地故，猶不止住，後
轉疾極，不能前進，即便臥地，宛轉而行。須臾復之，
即以一杖，逆擲使去，作如是言：盡此杖處，悉是我
地。

已說譬喻，相應之義，我今當說，如須彌羅，為取地
故，雖乏不止，佛亦如是，為欲救濟，一切眾生，作
是思惟，云何當今，一切眾生，得人天樂，及以解脫，
如須彌羅，走不休息。佛婆伽婆，亦復如是，為優樓
頻螺迦葉鴦掘摩羅，如是等人，悉令調伏。有諸眾生，
可化度者，如來爾時，即往化度。如須彌羅既疲乏已，
即便臥地宛轉，佛亦如是，度諸眾生，既已疲苦，以
此陰身，於娑羅雙樹，倚息而臥，如迦尸迦樹，斬伐
其根，悉皆墮落，唯在雙樹，倚身而臥，猶故不捨，
精進之心，度拘尸羅諸力士等及須跋陀羅。如須彌羅，
為得地故，擲杖使去。佛亦如是，入涅槃時，為濟眾
生故，碎身舍利，八斛四斗，利益眾生。所碎舍利，
雖復微小，如芥子等，所至之處，人所供養，與佛無

異，能使眾生，得於涅槃。即說偈言：

如來躬自度，優樓頻螺等，眷屬及徒黨，優伽鴦掘魔，
精進禪度力，最後倚臥時，

猶度諸力士，須跋陀羅等。欲為濟極故，布散諸舍利，
乃至遺法滅，皆是供養我，

如彼須彌羅，擲杖使遠去。（本文作者：馬鳴，譯者：
鳩摩羅什）

二二、《百喻經》的愚人故事

（一）《百喻經》介紹

喻文體是印度文學中特別發達的一種文體。印人長於用譬喻說理，奧義書時代，《聖徒格耶奧義書》第六篇，自第八章至十六章，記鄔大拉迦阿魯尼教子闡說本體，以鹽及榕實等作喻，連續九章作九喻，便以「妙喻連篇」見稱（糜文開譯《印度三大聖典》）。至佛教時代，佛教文學中，更多專用一喻作一文，集若干喻文為一書者。在我國佛經的翻譯文學中，即充滿這種喻文體的作品。試閱《大藏經》，便有唐義淨所譯《譬喻經》一卷，蕭齊時天竺人求那毘地譯《百喻經》四卷，後漢支婁迦讖譯《雜譬喻經》一卷，佚名譯《雜譬喻經》二卷，道略集《雜譬喻經》一卷，吳康僧會譯《舊雜譬喻經》二卷，姚秦鳩摩羅什譯《眾經撰雜譬喻》二卷，西晉法炬法立合譯《法句譬喻經》四卷，西晉法炬譯《群牛譬喻經》一卷，宋施護譯《灌頂王喻經》一卷，《醫喻經》一卷，東晉竺曇無蘭譯《大魚事經》等十餘種之多，都是這種喻文體。其中以求那毘地所譯僧伽斯那所撰的《百喻經》最有名，集九十八故事為九十八事理作譬，加以說譬喻之緣起一則及最

後結尾為一百則，故稱《百喻經》。

　　筆者在《中印文學關係研究》一書中，曾對印度喻文體和《百喻經》作特別的介紹。其中一篇是這樣說的：「《譬喻經》與《因緣經》內容相仿，但嚴格地說，《因緣經》是寫釋迦等故事的因緣為中心，而《譬喻經》則以故事作譬喻，二者是有分別的，譬喻與寓言亦相似，有同樣功效。但寓言重心在故事，而譬喻體重心在說理。《譬喻經》深入淺出，趣味盎然，為說教之利器。《百喻經》結尾一偈云：『此論我所造，合和喜笑語……如似苦毒藥，和合於石蜜……如阿伽陀藥，樹葉而裹之，戲笑如葉裹，實義在其中，智者取正義，戲笑便應棄』。正似以筌捕魚，得魚可以忘筌，戲笑的譬喻只是苦藥外面的糖衣，藥以治病，勿以糖衣味甘而棄藥專吃糖衣。所以智者取得正義後，將戲笑的譬喻可以放棄。」但外子文開，說《百喻經》的精彩，就在這九十八則寓言，我們偏愛的正是耐人玩味的九十八則寓言故事。《百喻經》不妨稱為百寓經。筆者再細讀這九十八則寓言故事，所說大多是愚人的故事，那許多愚人的痴愚，寫得那麼蠢態可掬，滑稽可笑，令人噴飯，令人捧腹，《百喻經》非但可稱百寓經，就稱之為百愚經，也未嘗不可。

（二）原譯舉例

　　現在筆者試以今語譯《百喻經》中故事十則以饗讀者。同時為使讀者親嘗求那毘地原譯一臠，先錄其與我國「刻舟

求劍」故事相仿之「乘船失釪」一喻全文於下：

> 昔有人乘船渡海，失一銀釪，墮於水中，即便思念：我今畫水作記，捨之而去，後當取之。行經二月，到師子諸國。見一河水，便入其中，覓本失釪。諸人問言：「欲何所作？」答言：「我先失釪，今欲覓取。」問言：「於何處失？」答言：「初入海失。」又復問言：「失經幾時？」言：「失來二月。」問言：「失來二月，云何此覓？」答言：「我失釪時，畫水作記。本所畫水，與此無異，是故覓之。」又復問言：「水雖不別，汝昔失時，乃在於彼，今在此覓，何由可得？」爾時眾人，無不大笑。亦如外道不修正行，相似善中，橫計苦困，以求解脫。猶如愚人，失釪於彼，而於此覓。

（三）愚人故事選譯

1.愚人食鹽

> 從前有個傻子到人家去，那家主人請他吃飯，他嫌飯菜淡而無味。主人知道，就加點鹽進去，味道變好了，於是他心想：東西所以好吃，是因為有鹽的緣故，加進少許鹽，味道就這麼好，更何況多些呢？傻子於是就空口吃鹽。吃了之後，不但不覺味美，反而受害，弄得喉嚨也啞了。這就像那些外道的人，聽說

節食可以得道，於是就乾脆絕食。有的能撐持七天，有的十五天，徒然餓壞了自己，而對得道毫無助益。像那傻子，因為加了鹽味道變好了就空口吃鹽，以致啞了喉嚨，外道的絕食，也是如此。

2.建造三樓

從前有個傻富翁，傻得什麼都不懂。一天他到另外的富人家看到人家有三層的樓房，既高大又寬敞，既富麗又爽朗，興起他無限羨慕之情。於是他想：我的財富並不比他少，為何不也造這樣一座樓呢？就馬上叫木匠來問他：「你懂得造那樣的大樓嗎？」木匠回答道：「那就是我造的。」於是就命木匠為他造一座同樣高大的樓房。木匠測量好了開始打地基，傻富翁看了頗為懷疑。就問木匠說：「你要做什麼？」木匠答道：「造三層樓房呀！」傻子就說：「我不要下面的兩層，只要為我造最上的一層好了！」木匠說：「那有這等事？沒有第一層怎會有第二層，又怎會有第三層呢？」傻子堅持說：「我現在用不著下面二層，你必須先為我完成最上一層！」當時人們聽了就發出怪笑，都說那有不造第一層而能有第二層的道理。這就像世尊四輩弟子，不能用心好好修敬三寶，只是懶惰懈怠而想求得道果，就說我現在不用其餘的三果，只求得到阿羅漢果。像這種人，和那傻富翁有什麼兩樣呢？（註：餘三果為須陀洹果、斯陀含果、阿那含果。）

3.不殺自己人

　　從前有一群商人想航行到大海裡去探寶，但是航海必須有嚮導帶路才能去。於是大家找了一個嚮導。出發之後，走到一片曠野的地方，遇到一座天祠，必須用人祭祀之後才得通過。那些商人就共同商量說：「我們結伴而來的，都有親屬關係，怎可殺掉自己人呢？只有這嚮導是外人可用來祭神。」於是就把嚮導殺掉，祭祀完了之後，竟迷失了路。結果因走投無路全部困餓而死，沒有一人能夠活命。世上一般人又何嘗不是這樣，想入法海取珍寶，就應先修善行以為嚮導。如果毀棄善行，困死曠野，永遠不得自救，且要經歷三途，忍受無限苦楚，就像那些商人將入大海反把嚮導殺掉，以致迷失了方向，困餓而死。

4.婦人求多子

　　從前有一婦人，本已生了個兒子，但還想有更多的兒子，就問別的婦人說：「誰有辦法使我能有更多的兒子？」有一老婦告訴她說：「我能使你有更多的兒子，只祭祀天祠就得。」婦人問：「那用什麼祭祀呢？」老婦說：「把你兒子殺掉，用他的血祭祀，一定可得多子的。」婦人聽了就想照老婦的話做，聰明的人就加以嗤笑，詈罵她竟這樣的愚昧。

5.五通仙眼

　　從前有一人，入山學道，成了五通仙，能有天眼透視到地中看見各種珍寶。國王聽到了非常高興，告訴臣下說：「有什麼法子可使此人常住在我的國境內，不往別國去？那麼我就可以靠他得到許多地中的珍寶了。」有一個傻大臣聽了馬上就去把那仙人的雙眼挖來，告訴國王說：「我把他的雙眼挖來了，這樣他就不能再往別處去，可以常住在我國了。」國王說：「我所以要他常住我國，就是因為他能看到地中的珍寶，如今你把他雙眼挖掉，要他還有何用呢？」

6.兩鬼相爭

　　從前有兩個毘舍闍鬼，共有一筐（小箱子）一杖一屐，兩鬼都要據為己有，於是爭論終日，相持不下，而又無法平分。恰巧有人來到，就問兩鬼說：「這筐、杖和屐有什麼特別，值得你們那樣爭得面紅耳赤的？」兩鬼答道：「這個筐裡有一切衣服飲食床褥臥具等，凡生活所需，都能無盡的供給；拿了這根杖可降服一切敵人；穿了這屐，就可飛行無阻。」這人聽了就對兩鬼說：「你們讓開一點，我當為你們平分，免得你們爭吵。」兩鬼聽了真的避開來，這人就馬上抱著筐握著杖，穿上屐，騰空而上。兩鬼驚訝得目瞪口呆，什麼也沒得到，那人停在空中大笑，對兩鬼說：「你們所爭的，已被我得到，這樣你們就不必再有所爭論了。」說罷飛行

而去。

7.只吃半個餅

有一人，因很饑餓，要吃七個煎餅。但吃了六個半就很飽了。於是這人就很氣忿地打著自己說：「我之能飽，是由於吃了半個餅的關係，那麼前面的六個餅都是白吃了，如果早知這半個餅就可使我飽足，我就該先吃這半個餅，前面的六個餅就不會浪費了。」

8.奴僕守門

有一人要出遠門，命令他的奴僕說：「你要好好守門，也要把驢子和拴驢的繩索看好。」主人走後，附近有人家唱戲，奴僕一心想去聽。於是就用繩子綑著門放在驢背上，馱到唱戲的地方去，這樣他就可以安心聽戲了。那知僕人去後，主人屋裡的財寶都被賊拿光。主人回來就問僕人：「財寶那兒去了！」奴僕答道：「主人走時只交代我三樣東西：門，驢子和繩索，並沒交代其他東西呀！」主人跺腳說：「留你守門，就是為了財寶，財寶都丟了，要門有啥用？」

9.侍候蹋痰

從前有個有錢的長者，左右侍候他的人都想迎合他的意思，對他恭敬備至。長者吐痰時，左右的人就趕快爭著把痰蹋掉。有一侍者特別笨，每次都落後一步，趕不上蹋。於是他說：「等他把痰吐到地上，就被

別人蹋去了，我應該在他要吐時就去蹋才好。」所以當長者咳嗽著要吐時，這個笨蛋就舉起腳來去蹋他的嘴。結果把嘴唇蹋破，牙齒也折斷了。長者怒責笨蛋：「你怎麼蹋我的嘴？」笨蛋回答說：「如果等長者把痰吐到地上了，那些諂媚你的人早就先我而蹋去，所以我每次都趕不上蹋。只好在你要吐時就提前用腳去蹋，希望這樣可以博得你的垂愛。」我們知道任何事情都是過猶不及。勉強努力去做，反而惹來苦惱，所以我們處世要合時宜。

10.夫婦吃餅

　　從前有一對夫婦得到三個餅，每人吃了一個，還剩一個。兩人就約好：誰要是先說話，誰就失去吃第三個餅的權利。於是為了一個餅，兩人都不敢先發言。不久有賊到他們家來偷東西，夫婦倆眼看著財物被賊偷光，誰也不響一聲。賊看他倆不作聲，就當著那丈夫的面，非禮他的妻子。丈夫眼看著一切還是不響。妻子就喊捉賊，並對他丈夫說：「你這傻子，為了一個餅就任賊所為，不作一聲嗎？」丈夫拍手笑道：「啊哈！丫頭！餅是我吃定了，絕對不給你吃！」

（四）結　語

　　以上所譯各則，有的沒把文末所講有關佛教的道理譯出。因為我覺得這些小故事，不但含有佛理，同時也含有我們普通做人的道理，的確都是非常有意義的，像「建造三樓」一則，探求佛理，固然應該循序而進，其他做任何事情又何嘗不是如此？所謂登高自卑，行遠自邇，凡是有誠心從事任何工作事業的人，都應抱此心理，順此步驟，不應因騖高而躐等，最後才會有美滿的收穫。「婦人求多子」，更啟示了我們不可做毫無把握的事情。這對於那些賭博者懷孤注一擲心理的人，是一則很好的教訓。這些故事，粗略讀來，會博你一笑，稍加體味，卻會發人深省，雖說多屬愚人所為，然而這些愚人卻就生活在這世界的每個角落裡，有你，也有我，只是我們不自知而已。從佛陀的眼光看來，世上又有那個不是可憐的愚人呢？（本文作者：裴普賢）

後　記

　　民國四十五年秋，臺大師大特別給我開了印度文學一門課，因為無教科書可採用，就自己編寫講義。講義分三編：第一編《印度文學概論》，第二編《作家介紹與作品選讀》，第三編《印度文學史略》。三年間雖經過兩次修改，仍不免有草率之處；尤其第三編寫得太蕪雜。民國四十八年外交部派我去菲律賓工作，便將講義裝訂兩分，一分交三民書局考慮出版，一分帶去馬尼拉預備重新修改，將三十多萬字刪減到二十五萬字以下。四十九年底，我才定下心來將第三編《印度文學史略》放在案頭開始抽暇整理重寫。但不幸在翌年一次遷居中，將案頭雜稿和歷年剪貼保存下來的散文零篇，一起裝進一只紙匣隨身帶過去放在客廳壁櫥裡，不料壁櫥裡潛伏著白螞蟻，只兩天工夫，全給白螞蟻吃光。更不幸是三民所存一分講義，也在那年大颱風的侵襲中全給水淹損失了。這樣講義缺了第三編，我一時無力再行補寫。

　　此後，我和內子普賢合寫了《詩經欣賞與研究》一書，五十四年回國後又正努力於合寫五十萬字的《中國文學欣賞講座》，因而這次三民書局出版《三民文庫》，我無暇趕寫一冊，連湊十萬字零篇舊稿列入一冊也辦不到。三民劉經理提議我從講義第二編二十二萬字中刪去深奧哲理的部分，精選出最有文學趣味的十萬字來編一本《印度文學精華》以應數。

於是我決心放棄印行這分講義的計劃,利用它來編寫一本《印度文學欣賞》的小冊子。即將原有講義的第一編《印度文學概論》、第三編《印度文學史略》合併提要,改寫成一篇一萬字的《印度文學簡述》,作為全書的緒論,將《泰戈爾詩選》改寫成較短的《泰戈爾詩欣賞》,並忍痛將原擬全部保留的友人覃子豪的四萬字遺作《奈都夫人詩欣賞》刪剩一半,内子普賢也將二萬字的《百喻經選鈔》,改寫成四千字的《百喻經的愚人故事》。其餘各篇也儘量減少篇幅。《心經釋義》等較艱深的篇章,以及若干作家介紹和作品選讀,則暫予割愛。這樣大刀闊斧地做了一番改寫和精簡的工夫,所剩二十二篇的字數已超過十萬字的限制不多,内容也勉強可以符合書名了。這雖是為了適合一般讀者,但在我也總算了卻怎樣處置這一分殘缺講義的心事。

　　劉經理再要我補寫一篇序文,我補記這書的編寫經過附於書後。

　　　　民國五十六年三月一日,文開記於北投致遠新村

印度詩哲——泰戈爾

泰戈爾詩集　　糜文開　主譯

本書由國內研究印度文學的巨擘糜文開教授主譯，集結泰翁《漂鳥集》、《新月集》、《採果集》、《頌歌集》、《園丁集》、《愛貽集》、《橫渡集》等七部詩集而成。其中《新月集》可說是從印度文學作品中提煉出來的精華；《頌歌集》內則充滿許多微妙、神祕的詩篇，展現泰翁讚美上帝的各種高超手法；《園丁集》是泰翁於一九一二年躍登世界文壇的成名作，更是一部滿溢愛與生的抒情佳作。

泰戈爾小說戲劇集　　糜文開、裴普賢　譯

階級、宗教與國家，誰能帶來終極正義？

這把「戀之火」若燒得過國族與宗教的藩籬，能否看到「奚德蘿」的永恆真我？還是剩下「骷髏」般的寡婦軀體，為受莫名的歧視，而暗自泣血？

在道德與自我之間，誰來成全我們的愛情？

心愛的人就在眼前，是什麼阻止我伸手擁抱？就讓時間駐留在這「無上的一夜」吧！

泰戈爾　　宮　靜　著

泰戈爾是印度偉大的愛國主義詩人、文學家、藝術家和社會活動家。本書通過對泰戈爾生活時代、主要作品、思想淵源和人生歷程的多方面研究，力求探索詩人的內心世界，並以泰戈爾的「梵我如一」世界觀與「和諧統一」方法論為核心，剖析了他的人生觀、真理觀、宗教觀、教育觀和美學觀，對他的社會倫理思想也作了較系統的闡述。希望讀者能透過本書，進入泰戈爾「真、善、美」的內心世界。

宗教哲思的國度——印度

印度教宗教文化　林煌洲　著

　　一般人要了解印度教，都需要花費一番工夫，除了語言、文化上的隔閡，更是因為印度教本身就不是一個單純的宗教，它包含抽象的哲學理念與具體的社會現象等不同層面。本書根據印度教的主要經典，以及作者實地的閱歷與調查，具體呈現當前印度的宗教社會現象。書末收有四種附錄，以協助、輔佐讀者循序漸進的「登堂入室」，明瞭真正的印度教文化。

恆河之魂——印度教漫談　江亦麗　著

　　印度教是產生於南亞次大陸的古老宗教，也是印度文化的集中體現。它不僅是一種宗教，也是一種生活方式。在當代，印度教仍有強大的生命力，在印度的社會、政治和文化生活中發揮著舉足輕重的影響力。本書針對印度教之歷史起源和演變、經典和史詩、主神崇拜和哲學思想體系、種姓制度和風俗禮儀，都有細膩的說明。

覺與空——印度佛教的展開　竹村牧男　著
　　　　　　　　　　　　　　蔡伯郎　譯

　　「覺」與「空」，無疑是一切學佛的實踐者與研究者最關注的兩個課題，然而這兩個課題的內容並不容易說清楚，此書正是以這兩個課題為主軸，透過作者精闢扼要的論述，來討論從釋尊以來佛教的發展與流轉，此書可說是一部生動簡明的佛教史。